新装・改訂

一人暮らし

自分の時間を楽しむ。

曽野綾子

興陽館

はじめに　一人暮らしはボケない

一人暮らしの年寄りのよさは、緊張にある。誰も助けてくれない。全部一人でやらねばご飯も食べられないと思うその緊張感が、体にいいのだと思う。

私の母の時代、体が不自由になると、すぐ嫁とかお手伝いさんが助けた。楽な時代だったのだ。朝は着替えを手伝ってもらい、足の爪なども切ってもらう。だから運動量はどんどん減り、筋肉は落ち、体も曲がらなくなる。

しかし誰もしてくれなければ、私のように線維筋痛症かもしれないという痛みが出ている日でも、とにかく自分のことは自分でしなければならない。

人は倒れるまで自分のことは自分でやるのが原則だ、という覚悟がない年寄りが、今でもけっこういる。

自分でできなければ、ほんとうは飢え死にしなければならないのが動物の運命なのだが、今の時代は組織がそれを助け、老人が楽に暮らせるようにしてくれる社会構造があるから、覚悟ができないのである。

私たちは今の時代に老人になれて幸せなのだ。

ご飯を作りたくなければ、毎日駅前のマーケットでおかずを買える。宅配の食事はすぐ飽きるだろうけれど、それでもいざとなれば、飢えないだけでなく栄養も偏らないような食べ物を届けてくれる。

しかしそういう制度の存在が、私にいわせると曲者なのだ。

人はいささか辛くても毎日、自分の食べるものを自分で考えて調達することが惚けない生き方に繋《つな》がる。

私は帯状疱疹にかかってまだ痛みの残っている時、続けて外国旅行に出た。遊びの旅なのだからいつもの通り一人ででかけた。

旅はささやかな緊張を強いられる。パスポート、飛行機のチケット、お金やクレジットカードなどを管理し、団体旅行なら普通の参加者並みの速度で行動できるようにする。

夜中に添乗員を呼び起こすような迷惑をかけず、羊の群れの平凡な一匹になるのを目的とする。

八十歳でも九十歳でも、高齢者は一人で出歩かせることだ。

家族もそれをさせた方がいい。旅の途中で死んでもいい年なのだ。

認知症を防ぐには、それだけで万全とは言えないが、日常の生活の中で緊張が必要だということだ。多分、緊張が血圧を上げ、詰まりかけた私の脳の細部に血を送ってくれる。

もちろん緊張といっても、命の危険にさらされる難民のような「悪質な緊張」や、DVに苦しむような毎日はよくないだろう。

しかし高齢者だからと言って、労られ、人任せにして、お金の苦労も泥棒や火の用心もしなくていいということはない。
人間が生きるということは、普通の人がしなければならないことを最期までするという原則に従うことなのだ。

『老境の美徳』小学館

そして私は一人暮らしになった

エッセイを集めた本を出して頂く度に、私はいつも気恥ずかしい。こんなことをわざわざ文章にしてお目にかけなくてもいい、と必ずどこかで思っている。しかし私は別の考え方をできなくもない。

こんな程度のことを麗々しく本に書いていて作家が務まるなら、自分の生き方の方がどれだけましかわからない、と思う読者がたくさんいらっしゃるとすれば、それも僅かにお役には立っている、というわけだ。

エッセイは、どのような場所で発表しようと、その日の真実である。

真実は偉大ではないどころかしばしばその内容が醜悪なものだが、それでも存在価値はある。

私の子供の頃、私の父の趣味で、我が家の庭には、那智石と呼ばれる青い砂利で飛び石の間を埋めた部分があった。

当然、松葉も秋の落ち葉も、その砂利の間に散る。すると母はていねいに指やピンセットでその落ち葉を取り除いていた。

父はワンマンで、仮に母がそんな手のかかる庭はいやだと言っても、自分の趣味を押し通す人だった。

自分が働かないで日本庭園風の趣味を期待する父が好きではなかったが、それなら娘の自分が率先して働いて、せめて半人前くらいは母の手助けをしよう、とは思わなかった。

毎日をフル回転で忙しく暮らしていたのは事実だが、情けない過去の思い出である。

二〇一七年に夫が亡くなってから、私は一人暮らしになった。と言っても贅沢な境遇だと言わねばならない。息子夫婦はずっともう二十年近く関西暮らしだが、私より十数歳若い女性が家族と同様家にいて家事を見てくれている。私の死後、彼女は独身の妹さんと二人で呑気に老後を送ってくれればいい。そのためにはできる限りの退職金を用意しなければ、などと私は勝手に考えていたのである。ところが、その妹さんも急死して、彼女も一人暮らしになった。

夫とは若い時に死別していた人だったから、帰るべき家もないのも事実だった。私は自分の家を、彼女にとっても死ぬまで暮らせる呑気で温かい家にしなければ、と思うようになった。

世の中にはいろいろな形の一人暮らしがあるだろう。

心から一人で暮らしたいと思っている人もいるし、大人数の家族の家に育って、中年から老後にかけて一人で暮らさねばならないとは思ってもいなかった、という人もいる。

境遇の変化は残酷だが、変化に戸惑わなかった人の方が数としては少ないだろう。

それは人間の運命として受諾しなければならないことかもしれない。少なくとも私の場合はそうだった。

亡夫も自分の死後、私が一人で暮らすようになるとは思わなかっただろう。慎ましいプレハブの家も庭先にあって、息子たちは私に煩わされずに住むことも可能だったからだ。

しかし、他のさまざまな要素が影響して、私は一人暮らしになった。

私は仕事柄かなり若い頃から、貧しい途上国をかなり深く見る機会を与えられた。その体験が、私に人の一生の原型を見る癖をつけてくれた。

原型というのは、人間がどうやら食べて生きて行く、という姿であった。食べて、雨のかからない乾いた寝床で寝て、洗濯されて破れていない衣服を着る。

これだけだって、大変ないい生活条件なのだ。

私は生涯このような恵まれた暮らしをさせてもらった。
他のどんな文句も言えない、と私は常々自分に言い聞かせて来たのだ。

新装・改訂　一人暮らし　目次

第一章

「一人暮らし」は心にいい

第二章

「一人の時間」を楽しむ

第三章

「料理」を道楽にする

第四章

「始末」は心地よい

第五章

「夫」を失ってから

第六章

「八十歳」からどう暮らすか

第一章

「一人暮らし」は心にいい

一人暮らしを始めてから……

一人暮らしを始めて、まだ一年半ほどしか経っていない。

もっとも、私の場合、一人暮らしと言っても、昼は秘書が雑用をしに来てくれ、夕方からはお手伝いの女性とお喋りする時間もある。

それから、並べて書くのはいけないのだが、今うちには「直助」と「雪」という牡と牝の猫がいる。私は時々「雪」を抱いて寝ている。

「雪」が真夜中近く、私のベッドに勝手に飛び込んで来ると、そのまま短時間眠るからだ。

だから一人ではないのだが、家族を失ったことは間違いない。

息子夫婦は昔から関西に住んでいるから、私の一人暮らしは馴れたものだとも言える。

しかし先日右の鎖骨を折った後はずっと不自由なまま暮らしている。右手が自由に使えなくても、「何とかなる」と思ってはいたのだが、意外にできないことがある。寝る前にテレビのリモコンをベッドの下に落とした。それを拾えない。服を選ぶのは簡単なのだが、クローゼットの奥の方から、片手だけでは力がなくてハンガーを引き出せない。

湯桶を左手だけで扱うのも、うまく扱えなくてあまり気分のいいものではない。しかし左手一本は無事なので本当に助かった。入浴も何とか一人でできる。お鍋も扱える。

何とか生活をカバーして生きる時、人間は工夫するから一種の楽しみも生まれる。昔は私の年ぐらいにもなる親に、一人暮らしをさせるようなことはなかった。独身の娘がいれば、その娘と住み、普通は長男の一家が同居した。

初めは息子と同居していて、その後、息子が地方の支店などに転勤になるという、家族の生き方の変化を経験した人もいる。

そんな場合でも、息子一人が月曜から金曜まで転勤先に赴き、その間、息子の妻は東京に残って姑の面倒を見ることさえあったのだ。

一人暮らしについては、本当にその状態を自由と感じている人もいるし、そうでない人もいる。

私の年ぐらいの親たちの中には「一人暮らしほどラクでいいものはないわよ」と実感している人もいたが、何となく、自分の体が弱れば、子供夫婦と同居することを当然と思っているらしい人もいた。

どちらにも理屈がある。

私も二通りの考えに分裂してしまう。

夫婦の単位を大切に思うべきだから、転勤になった息子夫婦は、揃って任地に行くのが当然だという常識論と、年をとった親を一人放置するのは残酷だという見方である。

もちろん、一人暮らしになっている親が老父で、お粥《かゆ》の煮方も知らない年寄りだったら、一人にしてはおけない。

女手なしには毎日のご飯もまともに食べられない、という老人が昔は確かにいたのだ。

しかし私はそこにも、老人の甘さと油断を見ないでもない。

人はどのような運命に立たされるかわからないものなのだから、それに備えておかねばならないはずなのである。

そもそも人間は簡単な食事の用意、掃除、洗濯、衣類の管理くらいは自分でできるように教育されているべきなのだろう。

男だから家事ができなくてもいいということはない。

それが人間の生きる基本なのだから、すべての人は、男女、年齢にかかわらず生活の基となる能力だけは持っていなければならないし、男の子を持つ母親は、息子をそうした「普通の人間」に教育して世の中に送り出す義務がある。

そうでなければ、子供に教育を施しました、とは言えないことになる。

『人生の値打ち』ポプラ新書

一人に備える

別に男性、女性の差はない。

人間は誰も中年、老年、それぞれの年代において一人になる可能性がある。

それに備えることは実に重大な任務だ。

備えねばならないのは、経済と心と、二つの面である。一人暮らしの新生活を用意するには、なにがしかの出費も要る。

だから、主に老後に備える貯金も必要なのだ。

しかし心の部分の方がもっと難しい。

家族の人数が減るか、自分一人になる状態を受け入れることは、心を裂かれ血を流すほど厳しいことだが、多くの場合、それは人間の務めなのである。なぜなら生きるというのは変化そのものだからだ。

子供が初めて友人の家に「お泊まりに行った」日のことさえ記憶している親は多い。もちろん親は、子供がその小さな冒険を楽しみ、順調にその家庭のしきたりに馴染んで一日を過ごして帰って来ることを望んでいる。

しかし他人の生活に溶け込むということは、とりもなおさず親に対する一種の裏切りだ。親にとって理想の子供とは、親の心情を理解して、いつまでも一緒に暮らすものなのだ。

一人になる方も、それなりに辛い。

家族の人数が減るということよりも、完全に一人で暮らさねばならなくなるということは、大きな試練である。

その試練なるものが、その人の悪い行為の結果や罰でなくても、そういう状況になることもまた人生の複雑さだ。

子供の独立を願えば、親は一人になる他はない。

どんなに仲のいい夫婦でも、一生二人でいられるわけはない。どちらかが先に死に、一人が残る。

結婚してから長い間、一人暮らしの現実を忘れていた女性が、再び一人で生きるようになるのだ。

一人暮らしをするのは、多くの場合十代の末か二十代の初めからのことである。その後、何十年という結婚生活の後に、改めて一人で暮らさねばならない時、それに順応する生活技術と、その意味を納得することは、至難の業なのである。

しかし、仲が悪いか、夫が気難しい性格だったかで、夫の死後、解放されたように生き生きとしている女性は多い。

夫が何も家事をしない人だったので、彼の死後は「本当に夢のように楽になった」と言う人もいれば、「夫はいいところもあったけど、それでも今の一人暮らしは素晴らしい」と言った人もいた。好きな時に旅に出られる。自分の願うような配分で、お金と時間を使える。

一日の時間をどのようにも自由に使える。

「忘れていたけれど、それが本当の人間の生き方だったのだ」という感激もあった。するとそこにいた別の一人が「そうかしら。人間の暮らしは、必ず誰かから何かの制約を受けるもんじゃない？　だから自由に動けることの意味もわかるんじゃないの？」と言った。

考えてみれば、教育、就職、結婚といった制度はどれもそこにいささかの制約が附属することを意味している。

親からの独立、離婚、配偶者との死別などで、人間は再び一人暮らしに戻ることも多い。

共に食事をする相手もなく、病気や災害の時、相談をする相手もいなくなる。しかし本来、人間は一人で暮らすのが原型なのであろう。

猿や羊は必ず群れを作るが、人間にとっては群れで暮らす体制の方が異常だ。

幸いにも人間には言語があるので、一人でいても他者の生き方を参考にできる。話をしたり、本を読んだりすることで、知人や書物から、体験や知恵を学ぶことができる。

そのような形で限りなく一人で生きる個に還ることが可能なのである。

妻であり母であった女性が、中年や老年に再び一人暮らしを始めるのは容易なことではない。

心の有りようが一人で生きる姿勢になっていないからだ。

しかし、もし女性が、男性を基準とする人類の中の「特別な種」ではなく、あくまで人類の一種であるなら、一人で生きられる能力が、存在の基本であることは間違いない。

『人生の値打ち』ポプラ新書

一人でやれる癖をつける

どんなに年が若くとも、何かしようと思ったら、一人でできなくてはいけない。娘たちは映画に行くにも、トイレに行くにも、誰かと連れ立って行くが、その癖は一刻も早くやめて、一人で、あらゆる不安や危険をおしのけて、やれる癖をつけるべきである。

考えてみると、世の中の重大なことは、総《すべ》て一人でしなければならないのである。生まれること、死ぬこと、就職、結婚。親や先輩に相談することもいい。しかし、どの親も、どの先輩も、決定的なことは何一つ言えない筈である。

すべてのことは、自分で決定し、その結果はよかろうと悪かろうと、一人で胸を張って引き受ける他はない。
本当に学ぶのは、一人である。

『人びとの中の私』集英社文庫

いいだけの人生もない。悪いだけの生涯もない。ことに現在の日本のような恵まれた状況では、そのように言うことができる。それでもなお、多くの日本人が不平だらけなのだ。

一人の時間をすごす

まず私の実感を述べておこうと思うのだが、もし人生を空しく感じるとしたら、それは目的を持たない状況だからだと言うことができる。

たとえば高齢者に多いのだが、朝起きて、今日中にしなければならない、ということが何もない。だからどこへ行ったらいいのか、何をしたらいいのかわからない。どうして時間をつぶそうかと思う。

時間というものは皮肉な「生き物」で、することがたくさんある健康人にとっては素早く経っていくものなのに、することのない人や病人には、きわめてのろのろとしか経過しないものなのである。

絶対時間というものは果たしてあるのだろうか、と思うくらい心理的なものだ。

年齢にかかわらず、残りの人生でこれだけは果たして死にたいと思うこともない、という人は実に多い。諦めてしまったのか、もしかすると、目的というものは偉大なものであるべきだ、と勘違いしているからか、どちらか私にはよくわからない。

私の目的は、多くの場合、実に小さい。今日こそ入院中のあの人に少しは退屈紛らしになるような手紙を書こう。

冷蔵庫の中の長ねぎ二本を使ってしまおう。引き出しの三段目の中で散らかっているクリップやメモ用紙を整理しよう。その程度のものだ。そしてそれだけ果たすと、私は満足と幸福で満たされる。
我ながらかわいいものだ、と思う。

『人生にとって成熟とは何か』幻冬舎新書

ボケないコツ

今のところ、私の周囲を見回していて気づくのは、「安心しない」毎日を過ごすのが、一番認知症を防ぐのに有効そうに見える。

誰もご飯を作ってくれない。

誰も老後の経済を心配してくれない。

誰も毎朝服を着換えさせてくれない。誰も病気の治療を考えてくれない、という状況がぼけを防ぎそうだ。

要するに生活をやめないことなのである。

日本には今、幸せな老人が多すぎる。

何とか飢え死にはしない。

行路病者などという言い方が昔はあったが、いわゆる行き倒れとして道端で死ぬこともない。

楽しく遊んでいても、もう年だからと言うので、誰も文句は言わない。

しかしそういう恵まれた年寄りの方がどうもぼける率が高い、と、私と気の合う仲間たちは密かに思っているのである。

『人間の愚かさについて』新潮新書

持たないほうが幸せ

よく「あの人はお幸せで、ご苦労なしだから」という話を聞くが、そういう人はいない。

私たちは自分が不幸だと感じている時、あの人は幸せだ、あんな幸せな人はいないと思ってしまいがちだが、それは錯覚であろう。

一見、幸福そうでも、みんな重荷を背負っている。

見栄っ張りには見栄っ張りの、お金持ちにはお金持ちの苦労があるものだと思う。

地方で旧家と呼ばれている非常に有名な由緒ある家とか、大きなお屋敷に住んでいる人に私は何人も会った。すばらしいヨットやスポーツカーを持っている人たちとも知り合いになった。

私も最初はすてきだと思ったけれど、持てば持ったなりの苦労があるということは、二十歳くらいでもうわかったから、それ以来、羨《うらや》ましいとは思わなくなった。夢のない娘だったものだ。

ヨットに乗せてもらったこともあるが、私は泳ぎがあまりうまくないから怖いし、潮風がベトベトしていて気持ちが悪い。

いつも揺れているから落ち着かない。

だから、ヨットを持ちたいとも思わなかったし、持つと管理が大変だろうなと余計なことまで考えた。

七十代になると、そういう現実がわかるようになった。私も五十代から少なくとも七十代まではとても元気だったから、いくらか「拡張思考型」だったと思う。行動も広げて、持ち物もだんだん増えた。

しかし七十代の後半になると、多くの物を管理できなくなるという苦労の方が心にしみるようになった。

人が羨むような生活をしていると、必ず大きなつらいことがあるような気がする。庶民的な暮らしの中ならどうにかごまかしていけるものが、荷物が大きいからごまかせない。

私ならほったらかして逃げてしまえることでも、そうはできない。そんな立場の人にもずいぶん会った。

私のささやかな体験によると、どんな人にも必ずそれなりの幸福があったし、それなりの不幸があった。

みんな、それぞれの不幸を抱えて、その人なりに健気に対処しているのである。

私流にいえば、不幸は人間としての属性だと思う。みんなに心臓や肺があるように、不幸も内蔵されている。

それがもたらす人生の不調とか苦しみとかいうのも、もしかすると同じようなものかもしれない。

『思い通りにいかないから人生は面白い』三笠書房

第二章

「一人の時間」を楽しむ

一人で電車を乗りこなす

先日或る人から、最近のお楽しみは何ですかと聞かれた時、「東京の電車を乗りこなして初めての町を味わうことです」と答えた。

私は他にも、小さな畑でレタスを作ったり、冷蔵庫の残り物でお惣菜をつくるなどの趣味があったが、電車で出歩く楽しみができてからやっと一年である。

それまで九年半、私は或る財団に勤めていた。週に二日か三日出社する時には、書類が重いので迎えの車をもらっていた。私は自分で運転もできるのだが、公職についてからは、万が一事故でも起こして迷惑をかけてはいけないので、運転をやめていたのである。

「会社で偉くなった人たちが、なかなか勤めをやめたがらないのは、運転手さんつきの車をもらえなくなるからですよ。それがつまり失脚というものなんです」と私に笑って教えてくれた人があったが、私は勤めから解放されると同時に自分で運転を再開した。収入の方はもともと財団での働きは無給という約束だったので減るという変化もない。

しかし間もなく自分で運転するより、もっぱら電車に乗って外出するようになった。

電車に乗れば、人も町も見える。ファッションも若者の動静も間近で眺められる。おもしろくてやめられない。どう乗り継げば、楽で早くて、かつ安い電車賃で済むか、というけちな戦略も楽しみのひとつになった。

しかし私が心躍らせたのは、電車を降りてから目的地までの町並みを、ゆっくりと歩くことだった。こんなところにこんな店がある。こんな家から、あんな人が出て来た。まるで短編小説、長編小説を読むような感じである。

名前は知らなくても、同じ時にこの広い地球上でお互いが見えるほどの距離に生まれ合わせ、どこかでお世話になっているはずだ。そう思うと、そういう人に会えた喜びも小説的に深くなるのである。

『幸せの才能』海竜社

一人の夜の切り抜け方

健康は一つの贈られた資質だが、病弱も人を考え深いものにする。秀才による世の中の進歩の恩恵に私たちはあずかるのだが、あまり頭のよくない子供の誠実さにもうたれて、徳というものはどんなものかを知ることができる。

私の心の中では、夫が亡くなっても生きる指針はわかっていたが、私たちの毎日の時間つぶしはお喋りだったので、その相手がいなくなったことにはこたえた。

夫が亡くなって三カ月ほど経った或る晩、私は本を読む気力を失った。そういう静かな夜、私たち夫婦は会話をして時間をつぶしていたものなのである。相手のいない夜、友だちに長電話をするという人もいる。

私はそれだけは自分に禁じていた。自分の虚しさを埋めるために、お酒を飲んだり、麻雀をしたりするのと、長電話は同じようなものであった。

このどん底の気分も、私は現実的な方法で切り抜けた。テレビで、少し硬派の番組を見ることにしたのである。訳はついていたが、多くは、外国語の番組だった。

そして自分の知らない世界が、あまりに多いことを覚えると、私は単純に感傷的になっていられない乾いた気分になれたのである。

『自分流のすすめ』中央公論社

動物と暮らす

私は、夫と喋る時間に一人になったわけだが、その時間をかなり上手に使っているつもりだった。

本を読み、手紙を書き、テレビにおもしろい番組があるとそれを見る。

猫を飼う予定など全くなかったが、田舎の量販店の檻の中にいた真ん丸い目に惹《ひ》かれてスコティッシュフォールドという種の牡猫を買ってきた。二十年ほど前に一度飼ったことがあって、犬は無理だが猫なら同居できることを知っていた。

二十年の間に餌はキャットフードだけになっていた。猫は昼も夜も、自分がいたい場所で過ごす。

私はバスケットに小さな布団を敷いて、窓際に置いたが、そこはあまり好きではないらしく、夜も私の寝室の床の上で寝て、時には私の布団の上で夜を過ごす。

私の実母が生きていた頃、母は私がペットを布団に入れることなど決して許さなかった。汚れや、もしかすると虫をうつされることになるかもしれないし、そんなだらしのない暮らしをしてはいけない、と言うのである。

しかし母も夫も亡くなった今、私は監督される人もいないから、思うままに暮らすことにした。生まれてこの方味わったことのない自由の境地である。猫を抱いたまま、「二人」で眠ってしまうこともある。

直助の後に、雪と名づけた白い長毛の雌の子を買ったが、彼女も夜、私の耳に自分の頭をおしつけて眠る。その刺激で、私の耳、後頭部、首にまで痒いぶつぶつができてしまった。

私の知人の男性に、数百体の動物の縫いぐるみを持っている人がいる。年に一度、ドライシャンプーをするのだそうだ。

縫いぐるみにすれば、多分湿疹はおきないのだろうと思うが、私は猫の温かさを抱いて寝ている。

猫も私の寝巻の袖の一部を自分のお母さんだと思っているらしく、しゃぶって涎だらけにする。

「汚いなあ、涎はダメよ」

と私は、その度に言う。しかしそれが生きている仔猫の証拠だ。

一人暮らしにはペットは大切だと思うようになった。

私は最近体力がなくなって、一人でいると朝いつまでも寝床にいたいと思うこともある。しかし猫のためにどうしても起き上がって、ご飯をやり、飲み水を取り換え、ウンチ箱をきれいにしなければならない。

与えねばならない仕事があるということは幸せなことだ。

『自分流のすすめ』中央公論社

一人遊びがうまくなるには

男の兄弟がなかった私は、結婚して息子を持ってから初めて、男たちの遊びは女と違うことを発見した。

女は映画一つ見るにも、お茶を飲みに行くにも、友だちを誘いたがる。一人で芝居を見ても食事をしてもおもしろくない、という。

ところが男たちは、誰がいなかろうと、自分のために、映画を見に行き、酒を飲みに行く。

息子は、同じ映画を見るのに、わざわざ父親と別の日を選ぶのがおもしろかった。十代の終わりにもなれば、父親と連れだって歩いているところを友だちに見られたくないのだろうし、映画を見るのが目的であれば、傍《そば》に人がいないほうが集中できるのであろう。

日本の女がある時期まで、ことに一人遊びが下手《へた》だったのは、社会的な背景によるものであった。

直接、家庭生活に必要のないことに、家族をおいて一人で出歩くなどというのは、むしろ反社会的なことであったろうし、女がさまざまなことから身を守るためには、常に誰かと一緒のほうが都合がよかった。

しかし、それは本来の意味において少々女性的である。

本当にその対象に興味をもてば、一人でうちこむものである。恋愛や、情事を、友だちと連れ立ってする者はいまい。

畑をする時、私はたとえ友人といても一人であることを思う。

一人で遊べる習慣を作ることである。

年をとると、友人も一人一人減っていく。

いても、どこか体が悪くなったりして、共に遊べる人は減ってしまう。誰はいなくとも、ある日、見知らぬ町を一人で見に行くような孤独に強い人間になっていなければならない。

『女も好きなことをして死ねばいい』青萠社

一人を楽しむ癖をつける

私の母親の時代は、女性が一人で映画を観に行ったり喫茶店に入ったりできなかった。

今は、たいていの人が一人で楽しんでいる。私も疲れたら、ちょっと喫茶店へ入って本を読んだりする。

年をとると、いっしょに遊べる友だちがだんだん減るから、早いうちに一人で遊ぶ癖をつけておいたほうがいいのである。

この頃、添乗員が付いていないと旅行ができない老年が増えてきた。グループで行くのもいいが、人生は旅だから、一人で旅ができないのは象徴的な意味でも困ることかもしれない。時刻表を見て、切符を買って、乗り換える時はどの切符だけを渡せばいいか、ということまで、人任せにしないで、自分で確認してやれなければいけない。

一人旅と言っても、もちろん、いろいろな人のお世話になるのは当然である。基本的には自分一人で何とかして、できなかったら、自ら人にお願いすることも一種の一人旅なのだ。

私は、五十歳を目前にして、両眼が中心性網膜炎と白内障のためにほとんど見えなくなった。

しかしその時も、一人で講演に出かけていた。

困るのは、案内板に書かれた飛行機の搭乗ゲートが読めないことだった。しかし空港の係員に「私は視力障害で案内板が読めません。北九州行きは何番ゲートでしょうか」と聞けば誰でも教えてくれた。

ゲートに行けば、耳を澄ませていると搭乗のアナウンスがあるので、皆が立ち上がって進む方向へ歩いた。

その次に困ったのは、ターンテーブルに流れてくる自分の荷物が見つけられないことだったが、係の人に合い札を見せて、「視力障害で見えませんので」と頼むと、ちゃんと取ってくれることもわかった。

ほんとうに日本人は親切だから、自分のマイナスの点をあからさまに言ってお願いする気力があれば、一人旅ができる。

そのうれしさは、眼の見える時にはわからないものだった。

当時も私は「聖書」の講義を受けにバスに乗って世田谷区の瀬田というところにある修道院へ通っていた。

田園調布の駅前からバスに乗る時、同じバス停に他の路線のバスも来るのだが、その車両の行き先の表示が全く読めない。

それで、わざとトンマな声を出して、「瀬田に行くのは、これでいいんでしょうか」と聞くことにした。

すると、運転手さんが「違いますよ。この後に来るバスに乗ってください」と教えてくれるのでこの点でも困ることはなかった。

どんな方法でもいい。

年をとれば、少し無理なことでも、才覚で可能にする狡《ずる》さも知っているものなのだ。

とくに一人旅は、知恵を働かさないといけないし、緊張していなくてはならないから、惚け防止にも役立つと思う。

毎日料理することと、時々旅をすること。

それが、私の精神を錆つかせない一番お手軽な方法なのかもしれない。

服は年相応でなくていい

私も若い頃、いわゆる「洋服」(当時は和服の方もけっこういましたから)に関してある固定観念をもっていました。

年をとったら赤やピンクは避ける、フリルやリボンはダメ。大きな模様も少しはしたないといった感じです。

ところが夫は、昔ファッション雑誌の手伝いをしていました。お小遣いがないのとガールフレンドの機嫌をとりたいためだったようですが、そこでファッションなるものの基本を学んだという触れ込みでした。

それによりますと、年相応という概念はまったくない。

色の選択は限りなく好みによるもので、赤が肌に似合う人もいれば、紫が皮膚の色を美しく見せる場合もある。制約というものは一切ないのだというのが、服装について私が夫から受けた最初の講義でした。

もっともそれ以後、私は自分なりに勝手な好みの範疇《はんちゅう》を作りました。

たとえば私は、木綿とポリエステルの混紡というものを非常に便利だと思うのですが、上等の衣服というものは、絹のように必ずしわになる生地がいいのだそうです。

でも私は、やはり、自分にとって便利なものを着ることにしました。

つまり長時間列車に乗って途中で居眠りをしても、仕事場所に着いたとき、あまりしわになっていない服は実に便利ですし、初めてお会いする方の社会に対する姿勢もわかりませんから、いきなり突飛な服を着て、相手を驚かすのも失礼かと思うようになりました。

しかし、服装において「無難」というものはまったく意味がないことのようです。

服装はその人の個性を表されなければならないのですから、どこかに冒険や危機感や、その方が美しい方ならセクシーであることも必要であろうかと思われます。

要は、他人の目でなく、自分の目で選んでお召しになる勇気をおもちになることです。

『曽野綾子の人生相談』いきいき

年をとったら身なりが大事

年寄りになったら、身なりなどどうでもいいようなものであるが、服装をくずし始めると、心の中まで、だらだらしても許されるような気になるものである。比較的若いうちから、女は靴下をきちんとはき、下着も略式にせず、外出の時にはアクセサリーその他を揃えることを当然とする癖をつけておくことである。

和服を着ている人なら、襟《えり》もきちっとそろえ、裾《すそ》も乱れぬようにし、帯を低めに締めて、真白い足袋をはき、背を伸ばしていたい。

だらしない服装をすれば、楽かというと必ずしもそうではないのである。

くずすほうは、ほっておいても自然にくずれる。体力がなくなり健康が悪くなれば、誰に言われなくてもくずれてしまう。

それ以前は、できるだけ自分を厳しく律する方向へ向けておくことは悪くないであろう。（中略）

いわゆるむさくるしい、とか、じじむさいとかいう表現は、老人自身の心身の状態とは別に、身のまわりに変化が少なくなって、停滞した感じを持つようになった時に使われるのである。

老人になると、着るものも、減らない。汚れも少ないから洗濯もあまりしなくていいようになる。

また、社会生活から奥へひっこむために、貰いものも減り、客のために家の中をきれいにするという必要も少なくなる。

すると、まわりにあるものは、すべて古色蒼然《そうぜん》としたものばかりになる。

あと半世紀も生きるものじゃない、今あるだけでたくさんという気もわかるし、いつまで生きるかわからないのだから金は使えない、という論理もわかるが、小さなものを、ちょっとずつ新調することを自分に義務づけたいと思う。

タオルの美しいものを身近におきたがるおばあさんは、どこか生活がほんのりとしている。

歯ブラシ、座布団カバー、枕カバー、スリッパ、灰皿、櫛などというものは、それほど高価なものでもない。

少し贅沢でも、新しいものを入れると、同じ部屋でも気分が変って来たように感じられることがある。

『完本 戒老録』祥伝社

苦手な人とは距離を置く

困ったことに、と言ってしまうのは軽薄なのだが、人間関係ほど恐ろしく、同時に魅力的なものはない。どちらがほんとうなのか、と聞かれると、私は返事に困る。

世間には人間嫌いと自らも自分を位置づける人がいて、その程度はさまざまだ。何となく、人との関係がいつもぎこちないという程度で一生済んでいく人もいるし、徹底して部屋の中や森の奥に引っ込んで、外との関係を極端に避ける人もいる。純粋に好みの問題だけで言えば、私は後者に傾く性向がなくはない。

とにかく、関係なくしていれば、相手に危害やら被害を与えなくて済む。私は一生に数人、それとなく付き合いを断った人がいたが、その人たちは、決して悪人ではなかった。ただ会話を交わすと、私が言ったことを平気で間違って、と言うより、むしろ正反対の意味に書く人だったから恐れをなしたのである。それは純粋に聴力が悪かったのか、それとも日本語の理解力に問題のある人だったのか、私のしゃべり方が悪かったのか、いずれかだ。

わからないことは考えなくていいのである。そう思いついた時、それは中年のどの時期からそうなったのか、私には覚えがないが、これが私の救いであった。最初からそう思えたわけではないが、次第次第にそう思うようになった、という方が正しいだろう。

私は学者でもなければ、政治家でもない。総理大臣だったら、原発が津波で機能を破壊されれば、その後の処置に対して即断をしなければならないところだが、一市民なら幸福なことに、そんな重要な決定をくだす必要はないのだ。

そうしたことがどれほど人間として必要で、ささやかながら折り目正しく、かつ偉大な幸福の理由か、世間はあまり自覚していない。

　迷う時間、わからないという判断を人として許されているということは端正な自由である。その素晴らしさを、とことんわかってもいいと思うのだが。

　そういうわけで、私の言葉を理解してくれない耳の悪そうな人に出会ったら、私は自然に遠のくことにしたのだ。それにもしかすると、同じ人間で、同じ日本語という言語を喋る相手でも、通じない、という奇妙な現象はあるのかもしれないのだから。

　距離というものは、どれほど偉大な意味を持つことか。離れていさえすれば、私たちは大抵のことから深く傷つけられることはない。これは手品師の手品みたいに素晴らしい解決策だ。

　そしてまた私たちには、いや、少なくとも私には、遠ざかって離れていれば、年月と共に、その人のことはよく思われてくるという錯覚の増殖がある。不思議なことだ。離れて没交渉でいるのに、どんどんその人に対する憎悪が増えてくる、ということだけはまだ体験したことがない。

『人間関係』新潮新書

一人でも生きられる

魂の自由を得るには、他人からの干渉をできる限り減らすほかはない。

何度も言うように、私たちは他者の存在によって生かされている。もしこの地球を私一人にくれると言われたら、私は全地球の大統領、たった一人の大地主になるわけだが、生活は原始生活をするほかはない。

しかしそれでもなお、「一人で生きられる」という条件が魂を自由にする。

その第一は、肉体的自立である。

私は自分が老年に入って、古自動車を走らせているという実感があるせいか、世間の多くの人たちが、体のことにあまり気を使わないのを見ると、びっくりすることがある。

若い時には、外食である。それもラーメン、カツドン、ハンバーガー、コンビニ弁当などを主体としたものである。

改めて言わなくてもバランスの悪い食事だ。

その上に、タバコを吸い、大酒を飲む。タバコ飲みには、空気の汚染を言う資格はない。大酒もそのうちに必ず高価なつけが廻って来る。

私は若い頃、お酒に強い体質というものはあるのだろう、と考えていた。しかし男の知人友人たちの半生を眺めていると、一定以上酒を飲み続けた人は、ほとんど五十代、六十代に、今の時代としてはまだ若い、と言える年代に、決定的に健康を損ねていることがわかった。やはり大酒は体に悪いのである。

もちろん例外はある。

有名な日本画の大家だった方は、ほとんど固形物を食べずに、日に一升酒なら ぬ二升酒を水代わりに飲んで非常に高齢になるまで画業を続けた、とか、自動車の排気ガスもほとんどないような海の傍の家に住んで煙草も生涯吸わなかった人が肺癌で死んだ、とか、私たちは人間の浅知恵をあざ笑うような運命のいたずらを見せつけられることがよくある。

しかしその数少ない例外に自分を入れてもらおうというのは、やはり図々しいことなのである。

私たちは確率というものを、疑うことと信じることの双方ができなければならない。だからどうしても避けられない運命以外、自分の行動は自分でコントロールして、健康を保持しなければならない。

つまり謙虚に、喫煙と深酒はやめなければならないのである。

酒と煙草の二つは、事が自分の範囲だけで済むと思いがちだが、実はそうではない。他人が吸っている煙草の煙で喉を悪くするという人は確実にいる。

私も現実はそうなのだが、喫煙がさし当たりの精神の解放になっている人もたくさん知っているので、嫌煙権などを振り廻す前に、煙草の煙が濛々と立ちこめていそうな場所にはまああまり近づかない方がいい、と思うようになった。

それでほぼ解決している。

どうしても煙草の煙の立ちこめる空間にいる必要がある時は、多分そこにいることに私は意義を見つけているのだろうから、見返りに喉くらい悪くして寝込めばいいのだ、と考える。

人間は、どのようなものにも対価を払うべきなのだから。

酒の場合はもっと深く他人を巻き添えにする。

酒が入ると精神も会話も柔軟でよくなる、と言う人もいないではないが、かなりの人は人格が変わって相手を傷つけるからである。人間の行動には一応すべて責任がある。

『魂の自由人』光文社

人との付き合いを整理する

人間にとって一番虚しいものは目的を持たないこと、いや、持てないことだということ。

朝起きて、今日一日何をして時間をつぶしたらいいかわからない状態が、生きながらの地獄だという人もいる。

もっともこういう人は、一応生活に困らない高齢者に多い。

私は実情を知らないのだけれど、このエッセイの連載をしている『週刊ポスト』の編集部などには、多分、鬼編集長みたいな人がいて、編集部員を使いまくる。疲れてたまったものではないが、それがその人の目的をはっきりさせていると思えば、鬼どころか仏さまみたいな存在だとも言える。

私は二〇一四年の秋あたりから、かなりはっきり生活のテンポを変えた。

まず講演をやめた。体力が衰えてきているし、家の整理もしたい。

しかし毎日料理はしたいし、一生仲のよかった人たちに、これからも手料理の御飯くらいは我が家の台所のテーブルで気楽に食べてほしい。

しかし付き合いの範囲は縮めることにした。

もともと友人はそれなりにいるが、私の交際範囲は昔から決まっていた。善悪ではなくて、私の性格が偏っているから、付き合える人と、それが難しい人とがはっきりしている。だからこれは大した「整理」ではない。

ただ親しい人との付き合いも、時々義理は欠くことにした。

お礼状など律儀に書く体力がなくなってきたのである。

その代わり機会があったら、長年会わなかった人ともそれとなく会って、現世でお世話になった感謝をしておきたい。

とはいっても改まってそんなことを口にしたら、みんな挨拶に困るだろうから、それとなくがいい。

とまあそんな暮らし方になった。

年を取って頑張り過ぎるのも醜いし、怠け過ぎるのも困る。

頑張り過ぎるのは端から見ていても辛いし、怠け過ぎるとすぐ自分自身の身の回りのことさえできなくなって、人を困らせる状態になるから、この辺の調節がむずかしい。

しかし私は毎日、今日の目的を作る。

今日は昼御飯にアサリのスパゲッティーを作るつもりだったから、朝御飯の後すぐ太ったアサリを白ワインで煮て、濃いお汁も漉して採っておいた。

タマネギもいやいやながら融けるまで炒めた。

この仕事は私の性に向いていない。炒めるという仕事は、なぜか肩が凝って仕方がないのである。

洋食屋さんに弟子に入り、タマネギを融けるまで炒める仕事だけ二年間修業としてやりなさい、と言われたらたまらないから、レストランにだけは勤めるのをやめよう、などと全く必要のないことまで考えている。

しかしこれだけ用意をしておけば、スパゲッティーのソースは五分でできる。

夜用にはキャベツの芯の部分、ニンジン、タマネギ、ジャガイモ、セロリーの葉っぱなどを入れて土鍋でスープを作っておいた。

肉など何も入れなくても、神様からの贈り物みたいな優しい滋味深い味になった。

『老境の美徳』小学館

第三章

「料理」を道楽にする

食べ物は計画的に使い切る

私が最近趣味にしているのは、冷蔵庫の中のものを極度に少なくして、がらがらにしておくことだ。

それほど私は、計画的に食べ物を使い切る。捨てるものなどほとんどない。残り物を全部使って、どんなお料理ができるかが、私の毎日の道楽なのである。

しかし「冷蔵庫の中にほとんど食べ物がないの」と言ったら、今度は私が「みじめ！」と言われるかもしれない。

ぎっしりものが詰め込まれていて、中に何が入っているかわからないような冷蔵庫の中では、食べ物の鮮度も失われ、それぞれの食材が生きていない悲しさを私は感じるのだ。

自分の価値観ができていれば、たいていの人が幸福になる。

お金が乏しくなっても、おもしろいことを見つけられる。

最近のような厳しい不景気の中でも、たとえば景色を眺めること、人とおもしろい会話をすること、などはただの楽しみなのである。

有名大学に入ること、立派な家を建てること、いい会社に入ること、など、人がいいというものの価値をそのまま受け入れていると息切れがする。

この不況は自分だけの価値観を発見するのにむしろいい機会なのである。

『幸せの才能』海竜社

人にご飯を食べてもらう

私の夫の育った家は、決して裕福ではなかったという。夫の父はお金をすべてダンテの研究に注ぎ込んでしまうイタリア文学者兼編集者だったのだ。夫が言うには、手許にお金がろくろくないような日でも、一家はおにぎりを持って写生に行った。

夫の父母も姉も皆絵を描いたが、まだ小学生の夫一人は写生などしたくなかったので退屈し切っていた。ちょうど桜の頃で、酔っぱらいが一人花の下で寝ていたが、彼が生きているのか死んでいるのかわからないので、夫は小石を放ってみた。するとそれは酔っぱらいの足に当たって、彼はむっくり起き上がったので、夫は「あ、生きてる」と思った。

そんな生活でも、編集者や詩人などで何日も泊まっていく人がいた。

夫の母は売れない新劇の女優だったこともあって、料理をほとんどしない人だったが、それでも食客はいたという。

どうして暮らしていたのか。私はこういう雰囲気が好きで、その習慣をほぼ踏襲した。

実は子供の時から、人にご飯を食べさせる人になろうと、決めていたのである。

『安心したがる人々』小学館

一人暮らしの仲間と食事する

今、私がなんとなく好きなのは、人を呼んでご飯を食べることです。

料理が好きだし、食べ物で繋《つな》がる人間関係の素朴さが好きなんですね。

でもケチですから、大したごちそうはありません。

この間は、四杯二百九十八円のイカで作った塩辛を出しました。

そしたら、「もっとないの？」と催促する人がいて、持って帰りたいと言う。

まあ、四杯のうち三杯のイカの胴の部分だけで作った塩辛ですから、出し惜しみするようなものじゃないんです。

同級生とは、お互いにご飯をごちそうし合っていて、気楽にあるものを出している。私たちくらいの年齢になると、どうせたくさん食べないから、「一食」じゃなくて「一飯」くらいの付き合いがいちばん楽しい気がします。

私の料理は、いつも一汁二菜、昔風の煮ものとかですが、それでも満足してくださいます。冷蔵庫の残り物をうまく使って料理ができる人なんて、たくさんいるでしょう。ちょっと、ごちそうしてみたらどうでしょう。

リューマチなど持病があって、台所に立つのが辛いという方たちに料理を作って差し上げたら、すごく喜ばれるし、ご自分も簡単に幸せになれると思います。

私は、いくつになっても、話の合う人たちと食事をしたい。これから先、一人暮らしになる仲間が増えてきますから、そういう人たちと月に何回か集まって、比較的元気な人が料理を作る。

干物とかきんぴらごぼうとか、年寄りはそんなものでいい。

一人では作る気がしないけれど、食べてくれる人がいたら作りがいがあるでしょう。輪番制にしてもいいし、一人千円くらい集めてもいいと思います。

とにかく、一緒にご飯を食べてしゃべって、後片付けはみんなに手伝ってもらう。

男性も、奥さんに先立たれたり、ずっと長いこと独身だったりする方がいらっしゃいます。

現役時代はどんなに偉い地位に就いていた方であろうと、大根を切ってもらったり箸を並べてもらったりして、ともに食事をしたい。

やっぱり異性がいたほうが偏りがなくて、楽しいですね。

一人で寂しく夕暮れを過ごさないために

私は修道院の経営する学校に育ったので、西洋のカトリックの修道生活というものを幼い時からごく身近に見て育った。

同級生の中には、シスターになることに憧れた人もいたが、私は自分の弱さをはっきり知っていたので、一度も修道院の生活に憧れたことはなかった、しかし教えられることはたくさんあった。

沈黙には大きな精神上の効果があること。不必要なものを身辺におかない癖をつけること。いつも身辺を清潔に掃除しておくこと。衣服は清潔で繕ってあれば、古くてもいい……というような感覚も身につけてもらった。

肉体的な愉しみに対しては総じて禁欲的ではあったが、修道生活で大切にしていたのは食事だった。

もっとも食べ物自体に興味を持ちすぎてはいけないというので、食事の間中ずっと「霊的読書」と称する本を読み上げる係のシスターがいて、その朗読の声に聞き入りながら食事をする、ということはあった。

しかしカトリックの祭儀自体にも、私たちが「ご聖体《コミュニオン》」と呼ぶパンを司祭から口に入れてもらう場面がある。

パンは味のないウェハースのようなものなのだが、キリストの体として私たちの中に迎えるという信仰上の解釈があった。

最後の晩餐はイエスの死の直前だが、それでも弟子たちとの食事には、教義上の大きな意味を有していた。

「コミュニオン」という英語は小文字で書けば「親交」とか「交流」とかいう意味だが、大文字にしただけで「聖体拝領」の意味になる。神と人、か、人と人が食べ物を通じて交わることが「コミュニオン」で、非常に大切なこととされている。

年を取るとまず身体的に弱り、次第に内にこもって、他人と会わなくなると言う人は多い。ことに最近は一般の家庭でめったに人を招待しなくなった。

昔はもっと、家庭に友達を呼んで食事をしたものだった。

高齢になると、男女にかかわらず友達が配偶者を失って一人になることが多い。そんな時、人はどうしてもっと、気楽に一人暮らしの知人・友人をお茶や食事に招かないのかと思う。

運ぶ手間が辛ければ、台所の小さなテーブルで向かい合ってもいいのだ。茶道の心得のある方なら、そこで上等のお菓子とお茶。私ならインスタント・コーヒーとクッキーで済ますかもしれない。

私は昔からおいしいメザシと家の庭で採れたホウレンソウがあるだけで、友達を食事に呼ぶことがあった。

一人で寂しく夕暮れを過ごすことはない。
誰かと共に食事をするだけで、周囲は賑やかな夜になるだろう。

『生きる姿勢』河出書房新社

料理がうまくなる最上の方法

私の本業は作家なのだが、私はほとんど毎日、仕事の片手間に料理をする。他人に理解して頂きやすい理由としては、コンピューターの前に長く坐っていると、体、ことに背骨によくない、と言われているからだ。立って歩き廻れば、確かに血のめぐりもよくなるだろう。

しかしどうもそれだけの理由で料理をしているのではない。私の道楽のような欲求の中に、家の中にある食材をすべて使い切りたい。それもできることなら、うまく調理して食べてしまいたい。その結果、冷凍庫、冷蔵庫、食材置き場などにあるものをきれいに整理してしまいたい、という実に不純な複数の動機があるからのような気がする。

若い頃の私は、ほしければ冷蔵庫いっぱいに材料を買い込み、それを新鮮なうちに使い切る才覚には欠けていた。

しかも五十歳くらいまでの私は、母からもお料理学校などからも料理を習ったこともなく、手早く食事を作るという技術もなかった。

それがいつの間にか調理が実に手早くできるようになったのは、私が仕事柄、時々外食をして、専門家の作った料理を食べさせてもらう機会が多かったからである。

料理を学ぶには、おいしいものを食べるのが最上の方法だ。

中年以後になって、私は物でも人間の才能でも使い切ることをみごとと感じるようになっていた。

ちょっとした眼、知識、そのものの存在をいとおしむ心があれば、活用したいと思うようになる。

あらゆる人には必ずそれなりの特異な才能があって、それをうまく役立ててもらえば社会全体が得をするのである。どんな食材も、腐っていない限り必ずおもしろく使える。

そのヒントを与えてくれたのは、料理人の作ったお料理や世界の田舎の果ての貧しい人々のご飯を私が食べるからである。

私は先進国の贅沢な暮らしにふれる機会はあまりなかったが、途上国で働くカトリックのシスターたちを経済的に支えるNGOに四十年近く加わっていたので、アフリカの農民たちの食糧事情もよく知っていたのである。

料理を作るようになると、私は自宅の庭の畳五、六枚ほどの土地に、サラダ菜やトマトやミョウガなどを植えるようになった。

海の傍の別荘はもともと農村だったところなのでそこには蜜柑の木を植え、百平米近い畑を作ってタマネギやジャガイモなどを採るようになった。

採りたてのタマネギを、かつおぶしのおだしの中で、姿のままに煮るお料理などは、手ぬき料理の最たるものだが、食材の新しさでお客さまに評判がよかった。

私は世の中すべてのことの源から最後まで見たいと思ったのだ。

アフリカで親子丼を作ると言えば、自分で手を下す技術はないが、作業は生きたニワトリを殺すことから始めねばならない。

野菜も同じであった。

種を蒔き、間引き、収穫する。自分でやってみて初めて、私は農を業とする人たちの仕事と技術に改めて深い尊敬を覚えた。

マーケットの冷蔵された場所に包まれて売っている野菜や肉だけを見ていると、自分がこの地球の営みの中に組み込まれて生かされている仕組みがわからないような気がした。

その流れが生命そのものなのであり、私は生命の破片一つもムダにはしたくないような気がして、いよいよ「手ぬき料理」に励むようになったのである。

しかし大きな口はきけない。

私の性格の中に、「ああ、めんどくさい」「どうしたら簡単にできるだろう」という料理人としては基本的な誠実さに欠けるところがある。

かつおぶしのおだしをていねいに取る時もあるが、粉状の調味料を使ってごまかす日もある。

日本はそのどちらの道も可能という、実に豊かな選択のできる国なのである。

東京生まれの私が、昨今では十二月にフキノトウを探して見つけている。

海の家では、七月にセミが啼き、ウグイスも囀っている。

嘘ではない。

自然は生命そのものだから、常に驚きを用意してくれているのである。

『生きる姿勢』河出書房新社

人間の基本は一人

私は毎朝、食事が終わると、昼と夜のおかずを決める。

冷凍の食材をとかす必要がある場合が多いからなのだが、昼にはわが家では小型の「従業員食堂」みたいに秘書もいっしょに食事をするし、夜は夫と二人の小人数で、あまり手をかけたくないからである。

しかし私は昔から、どうしても家で作ったご飯を食べなければおいしくない、という先入観を持っていた。

たまにコンビニの食べ物の便利さに感動もしているが、やはり基本はわが家で作ったおかずである。

ぶり大根など煮ると、たまたま仕事で来られた方にも、お菓子代わりに出している。ほんとうは、お菓子などを買いに行くのが面倒になってきたからである。

最近私は朝ご飯の後で、すぐに野菜の始末をすることにした。お昼にもやしと豚肉の炒めものを作ろうと決めたら、朝ご飯の後でもやしのひげ根を夫にも手伝わせて取るのである。

夫は九十歳近くなるまで、もやしのひげ根など取ったことはなかったろう。ひげ根については、友人たちの間でも賛否両論があり、私は面倒くさいからそのまま炒める、という口だったが、週末だけわが家に手伝いに来てくれる九十二歳の婦人は、ひげ根は取るのと取らないのとでは、味に雲泥の差がつくという。

夫を巻き込んだのは、私の悪巧みである。

私は常々、「人は体の動く限り、毎日、お爺さんは山へ柴刈りに、お婆さんは川に洗濯に行かねばなりません」と脅していた。運動能力を維持するためと、前歴が何であろうと——大学教授であろうと、社長であろうと、大臣であろうと—

―生きるための仕事は一人の人としてする、という慎ましさを失うと、魅力的な人間性まで喪失する、と思っているからだ。

それと世間には、最近、認知症になりたくなければ、指先を動かせ、字を書け、というようなことが信じられ始めてきたからでもある。

料理もその点、総合的判断と重層的配慮が必要な作業だという点で、最高の認知症予防法だということになってきた。

もやしのひげ根でも、インゲンまめの筋でも、二人で取るとなぜか半分以下の時間でできる。三人で取れば、四分の一くらいの時間で作業は終わってしまう。家族で同じ作業をほんの数分間する、その間にくだらない会話をする、ということの効果は実に大きい。

老人からは孤立感を取り除き、自分も生活に一人前に参加しているという自足感を与える。

そして自称「手抜き料理の名人」である私にしてみると、野菜の始末さえできていれば、料理そのものはほんとうに簡単なものである。

昔、引退したらゆっくり遊んで暮らすのがいい、と言われた時代があったけれど、私の実感ではとんでもない話だ。

「お客さま扱い」が基本の老人ホームの生活、病院の入院、すべて高齢者を急速に認知症にさせる要素だと私は思っている。

要は自分で自立した生活をできるだけ続けることが、人間の暮らしの基本であり、健康法なのだ。

『人生の醍醐味』産経新聞社

第四章

「始末」は心地よい

「整理魔」になる

最近の私は「整理魔」になりかけていたので、あまり使わないものは手放すことにした。

シンガポールの古いマンションもその対象だった。マンションは思いがけず、簡単に売れた。そのお金の一部がシンガポールに残っていたので、今回引き揚げに行ったのである。

銀行は東京支店でもその事務をしてくれると言ったのだが、ほかにも少し「残務処理」みたいなものがあったので、思い切って出かけることにした。

（税金の申告も税務署は偉いもので、きれいに清算してくれた。二十年ほど前私たちがそれを買った時のシンガポールドルと日本円の換算率も、今回売った日のレートも、それぞれにわかっている。当り前のことだろうが、日本の官吏という人たちは偉いものだ。）

とにかく私は今、「捨てる情熱」に取りつかれている。うちにいると、今日はこちらの引出し一つ、あっちの戸棚一個だけでも中味を出し、不要のものを捨てる、と決意する。

それができると、お風呂に入ったみたいに気持ちよくなるのだ。一日の充実につながる。

たまに捨てるものをもらってくれる人もいると、更に嬉しい。

そしてまた久しぶりに会った人には「見てよ、見てよ。うちの中がガラガラになってるでしょう」と、自慢している。

こういう反応は、心理学的におかしいのかもしれない、と思う時がある。

『Ｖｏｉｃｅ』２０１９・４

自分のことは自分でする

日本の老人は、年齢やその優秀な素質の割に自立できない人が多過ぎるように思う。

それは、かつての「家」を中心とした考え方のせいで、老後一人暮らしをすることなど計画の中になく、必ず長男夫婦と同居することとしか計算になかったからだろう。

今の老人ホームでも、老人に対する「手厚い」もてなし方というのは、何でも優しく「してあげることだ」という考えがどこかにあるように思えてならない。

しかしこれは、決して老人の側にとっていいことではない。手厚く、優しくすることは、する側にとって都合のいいことなのである。

なぜなら、優しくさえしておけば、世間から非難されることはないどころか、むしろいい評判を取る手っ取り早い手段だからだ。

しかし、老人であろうと、生きるためには運命に立ち向かってください、人生は死ぬまで闘いです、などと言うのは実にむずかしいことである。

そういうホームは残酷な介護者、優しさがなく、年寄りを虐待しているというふうに、世間は短絡的に受け取るからである。

老人といえども、強く生きなければならない。歯を食い縛っても、自分のことは自分ですることが原則である。それは別に特に虐待されていることでもなければ、惨めなことでもない。それは人間誰にも与えられた共通の運命である。

自分で自分のことをするようにしなさい、というのは、当然すぎるほど当然のことであろう。

『狸の幸福』新潮文庫

少しずつ「始末」していく

私は大学卒業以来、約六十四年間働いた。

病気をしなかったから、一月《ひとつき》と休んだことがない。毎日毎日知的作業と肉体労働の双方ですることがあって、どれもあまりいやなことではなかったから、私は生活とはこんなものだと思い、さしたる充足感も不足感もなしに生きて来た。私の生涯はいつもかなり受け身だったが、実は受け身だとも思わなかった。

誰かが生きているということは、どの場合もそんなものだろうと思っていたのだ。

つまり私は疲れて来たのだろう、と思う。六十年間のなし崩しの労働というものは、多分マラソン選手や登山家の疲労とは質が違うのだろうと思う。それで私は、来る日も来る日も、さぼることにした。幸いにして連載も数本しかないし、高熱があるわけではないから大変快い気分で怠けていられる。

本を読み、朝寝、昼寝、夕寝などしたい時に眠り、夜も眠る。夜だけ迷わず、家庭医から出された睡眠剤を一錠のみ、テレビを観ながら眠る。ドアは細目に開けておくので、雪も直助も出入り自由だ。直助は私のふとんの足の部分に跳び乗ってそこで眠る。けっこう体重があるからすぐわかる。

雪は私の枕の脇に寄り添って眠る。それで私の耳が痒くなってしまった。猫毛アレルギーなのだ。

食事は毎食律儀に階下の台所に下りて行って食べるが、量は多くない。しかし私の書斎で続けられるオフィスの機能のために働いてくれる女性たちのための食事だから、私は朝のうちに簡単なおかずを決める。あまりひどく手を抜きたくない。毎日の食事が健康の元だと思っている。

その間に、一、二回に分けて、小さな押入れだけ、家の片づけものをした。「だるい」という病気と「物を捨てる」病気が続いているわけだ。古い取材ノートを捨てると、気持ちのいい空間ができる。

ノートは三戸浜に行った時、焚き火をして焼く。「始末」というのは静かで整ったいい言葉だ。

途上国の貧しい人たちは、「始末」しようにもものがない。衣服を纏《まと》った人たちの古い布は、入浴のために川に入ると、その度に少しずつ融けているようでさえある。

だから彼らの古着はどれも薄くなっている。

捨てたいのに捨てられないものは、花瓶である。私は花屋から切り花は買わない。庭に咲くものだけを生ける。

小さなものはパンジーから梅の小枝までいくらでもあるし、大きなものの筆頭は、一枝二キロ半にはなるキング・プロテアの、直径二、三十センチはあるピンクの花である。

この花は、ノコギリで切らねばならないし、生ける花瓶は重い鉄の塊のような花瓶でなければ、ひっくり返ってしまう。

或る日外出用の衣類を考えてみて、ここ四年くらいは新しい服を買っていないのに気がついた。朱門の体が動かしにくくなった頃から、私はデパートにも行けなくなって、セーターくらいは通信販売で買ったこともあるが、他の服は新調しなかった。

すると、何と何を合わせて着たらいいのかも忘れていた。

ボケというのは、多分「機会が減ることによって、学習を続けられなくなる結果」なのだろう。

『Voice』2018・4

疲れはどこからくるのか

私の引きこもり癖はまだ少しも治らない。

一度だけ滞在中のモンティローリ富代さんとデパートという所に出かけてみた。長年持っているグレイのハンドバッグが汚れているので、軽くていいのがあったら新しいのを買うと言っていたのに、デパートの売り場をざっと見ているうちに疲れて嫌になって来た。他のものの売り場まで見て歩いていたのではない。

ハンドバッグ売り場だけ見て、さっさと手ぶらで出て来たのに、ひどく疲れて家に帰って来た。そして書斎のいつもの座り馴れたソファにほっとして座ると、目の前に通販のパンフレットが置いてあった。今日の郵便で届いた分だけである。

そのうち一つを一目で見て、一瞬のうちにグレイのハンドバッグを決めてしまった。何のために仰々しくデパートまで出向いたのかわからない。

こういうことは秘書にもすばやくわかるもので、皆の笑いの種になった。

「子猫」の直助は、順調に育っている。

もう「中猫」になった。

しかし穴を開けた玄関の障子を貼りかえることで、皆ああだこうだと言っているうちに、直助がその隙間に飛び込んだ。

そして簡単に出られないと知ると、障子に穴を開けた。

よほど逆上したとみえて、すさまじい破り方である。

歌舞伎の舞台の、貧しい家の破れ障子の大道具よりもひどい。

障子の破れ方にも、さまざまな表現があることがわかった。

大道具の障子を破る人は、さぞかし難しいだろう。

その家の貧困の度合いや、喧嘩もする夫婦なら、その気質によって、破れ方が違う。

わが家では幼い子もいないし、このような凄まじい障子の破れ方を見たのは、久しぶりである。それで、皆がおもしろがって眺めに来た。

一番目立つ玄関脇だったので、こういう破れ方は、どこのどのような事情を、何日ぐらいほっておくとこうなるのか、皆興味があるだろうから、「家に来た人には、皆に見せて」と言っておいたのだが、その日に限って仕事上のお客様もない。翌日、障子貼りのうまい洋子ちゃんが貼り替えてくれる手順なので、このスペクタクルはあまり観客がなかった。

私の家では、母の晩年、経師屋さんに障子を貼り替えてもらっていたが、母も私も、経師屋さんに「忙しい十二月にして下さらなくていいんですよ。うちはろくろくお正月なんてやらないから、一月末から二月でけっこう」と言っていたのである。

うちには数年前まで、まだ畳が六畳はあった。今は一枚もない。障子だけまだ十数枚近く残っている。

一月末、歯が一本抜けたので、朱門がお世話になっていた歯科の小島先生のところに行った。すると、この歯を受ける歯がないし、私が「今のところ噛むのに少しも不自由ありません」と申し上げたので、それ以上手入れはしないことにした。

私はまだ全部自分の歯で、親不知《おやしらず》の数本が欠けているだけなのだが、こういうことが起こる度に、昔の田舎のお婆さんたちは、たった二本残った上下の歯だけでちゃんと一生の間ご飯を食べていたことを思い出す。

私の場合も残り時間が長くないということは、何とすばらしい恵まれた状態であることか。

今から四十年くらい前、東京近郊の農村の奥さんたちはまだ、歯が悪くても婚家先では歯科のお医者さんに通うお金を出してもらえないと語っていた。

私は怒りを覚えたが、それから半世紀経った今でも、中央アフリカや西アフリカの奥地の人々は、日本の農村より、比べものにならないくらいひどい生活をしている。二十代で五、六人子供を産んで、栄養が悪いから、多くの女性たちは三十歳でもう歯がない。医学より歯学はさらに世界的に普及が遅れている。

それでも、この夏、私は体力がない。

どこへも行かず、家で昼寝をしたり本を読んだりしている。微熱が取れない。比較的最近、レントゲン、その他の検査をしていてなんでもないことははっきりしている。

つまり私は疲れているのだ。

今年も口唇口蓋裂《こうしんこうがいれつ》の無料手術をして下さるために、九月九日、マダガスカルに出発される昭和大学の形成外科のドクターたちが、二十三日、出発を前に結団式をされた。

私は改めて今年のお願いに行こうと思いながら、どうしても起き上がれなかった。この深い疲労の原因は何なのだろう。

『Voice』2017・11

不要なものを捨てる

八十歳を過ぎると、個人的に元気の差が顕著になって来る。子供の時から親しい友人は、まだ向上心と一種の事業欲に燃えている。

しかし私はその反対だ。

私はここのところ、終息に対する情熱、なにもなくすることに情熱を感じている。現実的にかつてなかったほど熱心になっているのは、家の中から、もう不要なものを捨ててしまうという作業である。

或る年の正月に、私は急に家の中の整理を始めた。「怠け者の節句働《せっくばたら》き」とは実によく言ったものである。

着物や帯、洋服そのものよりスカーフ、ショール、ハンドバッグなどの付属品で、私がもはや使わないだろう、と思う品物は何十年分も溜まっている。よくクリーニングに出していたので、不潔でもいたんでもいないのだが、六十四歳から七十四歳まで、財団に勤めたこともあって、普通の主婦ならこんなには要らないと思うほどある。

それを片づけだしたら、関西から帰って来ていた息子のお嫁さんも手伝ってくれた。

私は転勤族の妻にも娘にもなったことはなく、転居など疲れるばかりで真っ平だと思い続けていたのだが、引っ越しの時に捨てるものの判断の素早さは評価されたことがある。

シンガポールで二十年ほど使った古いマンションを引き揚げた時など、日系の引っ越し屋さんが、インド人、マレーシア人、中国人など様々な人種混合の手勢を連れてやって来てくれたのだが、ソファやテーブルやベッドなどの大きなものはおいて行くという方針は決めていても、他の品物を捨てるか日本に送るかの判断は、その場でしなければならなかった。

しかし私はどんなものでもほとんど一瞬で捨てるか持って帰るかを決められたのである。躊躇《ためら》うことがない。私は職人仕事が好きだから、二十年間に町で買った東南アジアの実用的な民芸品などもかなりあったが、東京に持って帰るかどうかの判別はあっという間に終わった。

誰か私以外の人が、それを有効に使ってくれることは願ったが、私は捨てることに悲しみも辛さも感じなかった。

正月早々の「働き初め」も実に効果的に終わった。しかしもう体力がなくなっていたから、ひどく疲れはしたが……。

棚や引き出しがみるみる空になるので、息子の妻は少し驚いたようだった。その決断の素早さの理由を尋ねられたが、六年ほど前になるシンガポールの引っ越しよりもっと楽にできたのは、私が自分の未来を確実に見通せるようになっていたからであった。

近年の日本のことだから、私は九十代になってもまだ生きているかもしれない。しかし九十代になったら、もう外出をする気はなくなるだろう。仮にできたとしても人迷惑だから、私はあまりしたくない。

服だのハンドバッグだのというものは、外出のために要るのである。

私の計算は単純なものだった。

後五年は、外出のためにそうした品々を少しはとっておこう。

しかしその先の分は要らない。だから手放す。

『日本人の甘え』新潮新書

すべてのことは、もういい

人間のすべてのことは、いつかは終焉が来る。

私は子供の時から毎日死を考えるような性格だったし、小説を書くことだけが好きだったので、おしゃれをして外出し、あまり知らない人たちと社交をすることはむしろ苦痛だった。

旅は好きだったが、すでにもう自分でもよく行ったと思うほど、世界の僻地へ行った。

私は何度もアフリカの大地に立てたことを深く感謝している。

五十二歳の時、サハラを縦断できただけで、途方もない贅沢ができたと感じている。

怒濤荒れ狂う冬の太平洋は知らないのだが、贅沢で退屈なクルーズ船ではない貨物船の暮らしも知った。

私はもう充分に多彩な体験をした、と自分では思っている。

それが私の納得と感謝の種だ。

つまり「もういい」のである。

『日本人の甘え』新潮新書

年をとってから暮らしやすい家

私はこの年になるまで、人間の住まいというものを数限りなく見てきた。

私が今住んでいる家は、もう築五十年に近い。

断熱材というものもなかった時代に、町の大工さんが建ててくれたものだ。その時、少し名の売れたデザイナーのような人に設計を頼みそうになって、結局やめた。

夢より、現実性を選んだからである。

私の家には、玄関の手前に五段の石段がある。

昔、上坂冬子さんが元気だった頃、私がご飯に誘うと、あなたの家は階段があるから行くのはいやだという。鈍感な私は尋ねた。

「どこに」

「玄関のところにあるじゃないの」

そう言われて初めて私は、その五段の階段が、彼女の足にとっては苦痛なのだと気がついた。今の家もそうだが、私の母は、いつも平地の眺望のよくないところに家を建てた。自分でも自覚しているらしかったが、それは自分が当時肥っていたからだと説明していた。

それでも玄関前の五段分の段差は残ったのである。

母が友人の家を訪ねると、たくさんの人が高台の眺めのいいところに家を建てていた。ちょっと羨ましく思ったというのだから、母もまだその頃は若かったのだ。でも「ああいう家は、今に年を取ると住めなくなると思う」と母は言っていた。

エレベーターつきの高層住宅は、その点どんなに高くても平面と同じだ。ただ停電すると、エレベーターも水もトイレも間もなく使えなくなる。

一般に持ち家を持とうとすることに熱心な年代の若い夫婦は、人間の住む土地や家の高低の問題に気が回らない。

分譲住宅地の、道から門まで十段や二十段の石段があっても、若い心臓と肺には何の苦労もない。易々と登って息も切らさない。

しかし年を取って、ミルクと大根一本を持ち帰るのも少し大変だと感じるようになると、家の内外のわずかな高低の差が身にこたえるようになる。

私の知人にも、食堂や書斎、和室などそれぞれに、わざと少しずつ段差を付けたしゃれた家を建てた人がいた。

我が家のようにのっぺらぼうな建て方をした住人からみると、ほんとうにすてきなデザインなのだが、その家の奥さんが足を折って車椅子を使うようになった時は大変だった。

一つのフロアーでしか行動ができない。

こうなると、眺めも特によくはないが、平凡な間取りの家が一番長く穏やかに
人の生活を支える。

『老境の美徳』小学館

第五章

「夫」を失ってから

夫が死んだ後……

朱門の死後、私は彼の姿を見たと思ったことはないが、彼の声に近いものは始終聞いていた。

私は彼の死後、驚くほど早く家の中を片付けた。朱門の服は山谷《さんや》のアルコール依存症の人たちの世話をしていらっしゃる団体にあげ、ついでに私の物もたくさん捨てた。家の中は今やがらがらになり、道場のように空間ができた。

洗面所の壜やチューブ類も整理し、下駄箱も買おうと思えば新しい靴を三十足も買えるようになった。

そうした行為の背後には、朱門の声ではなく、朱門の希望のようなものがある、と私は勝手に決めたのである。
ものを散らしておくと、私は朱門が「僕の女房は、こんなに整理のできない女だったのか」と嬉しそうに（ということは皮肉に）言いそうな気配を感じたのである。

しかし現実の三浦朱門という人は、家の中が散らかっていようが、私が花をいけていようが、どちらも全く気にしない人だった。

私は凡庸に花が好きで、庭に花を植え、小さな花壜《かびん》にいけた花に満足するのだが、朱門は「僕は食べられないものには興味はない」という性格だった。だから私が家を片付けたのは、全く朱門の趣味ではなく、彼の遺志を勝手に感じたからなのである。

私自身が死ぬまでに、本以外の私物を、できるだけ片付けなければならない、という思いが心の底にはある。本は朱門と息子と孫の専門にもいささかかかわるものが多いので、私は手が出せない。

しかし私は、小心さの故《ゆえ》に用意がいい面もある。

私は自分が死んだ時に着せてもらう衣類一式を、もう十年くらい前にシンガポールで買った。

マレー語を話す人たちの着る裾《すそ》の長い普段着である。

以来出してみたこともないので、純白がもう黄ばんでいるかもしれないが、なあにどうせ着て外へ出るわけではないのだからどうでもいい。

しかし私は、その服を楽しんで揃えたのだ。

私は和服よりもマレー、インドネシアなどの女性たちの着る服がよく似合ったので、日本でも家では始終着ていたのである。

私らしさを失わずに、整理して、できれば端正にこの世を終わりたい、というのが私の希望だ。

もっとも希望はほとんどと言っていいほど叶えられないことになっている。

私は「もの書き」になりたい、という唯一の希望をすでに叶えられたので、それ以上の希望はあまり持たないようにしている。

今イラクでＩＳ（イスラム国）との局地戦にさらされている土地から逃げられない人たちは、明日まで安全に生きられることだけが唯一の希望だろう。できればその上、壊れていない家で眠ること、飲料水や食料が手に入ること、時々は洗濯ができることなどを希望しているかもしれない。

日本人は全員が、イラクの難民たちの悲願を、すでに手にしている。

私たちは、自分よりも恵まれない人の存在を絶えず意識し、謙虚に残された生を生きるべきなのである。

『夫の後始末』講談社

ひとつ屋根の下の幸せ

夫が死んでから、私は一軒の家の責任者になった。直助（猫）もその中の住人だ。私の家は、それなりに賑やかだ。昼間は秘書も通ってくるし、お客さまも少ないほうではない。

私はある時、自分の住む町の、航空写真の俯瞰図を手に入れた。週刊誌のページを切り取ったものである。

私の家は住宅地として整備された地区にあるのだが、それでも我が家を探すには、目を凝らさなければならない。

一軒の家の屋根は実に小さい。他に豪邸もあるが、そういう家でも、多分、屋根はあまりにも小さい。

その下に、数人だか数匹だかの命が住んでいる。ただ、その屋根の家の持ち主には、それらの命を幸せにする責任があるように私は思う。

幸せといったって大したものではない。

清潔に暮らし、質素でも身体にいい食事をし、各人の目的に適った生涯を送ってもらえるように計らう。

のんきに休む休日も必要なら、無理しても働かねばならない日もあるだろう。

それが生活というものだ。そうした伸縮性に富んだ日々を共に暮らしてもらうためにも、一つ屋根の下には、統率力が要る。

政治家なら、複数の、というよりさらに多勢の国民の幸福を担う責任があるだろう。複数の人間の幸福を叶えるということは、なかなかむずかしいことだ。人間には魂の部分が大きな比重を占めるから、肉体だけでなく、心を満たすという仕事も加わるからである。

個人の家なら、家族か、それに準拠する人の幸せを叶えることだけを目標に働けばいい。その人に病気があるならまず病気を治すことを、入学試験に受かることが目標ならまず受験に成功することを、何かの競争に勝つ目標があるならそれに勝てるように助力すればいいのである。

そしてその途中で、成功も、目標の達成も、決して一人の力だけではなく、運や、周囲の人たちの助力など、すべてが働いてこうなったのだ、という謙虚な判断ができる人格に導くようにすればいい。

しかし普通の個人が一つ屋根の下で責任を持つ命の数は、そんなに多くない。数人と、ペットがいれば、その数だけの命を温かく燃やせるようにしてやればいいのである。

今日一日、この小さな屋根の下に住む命を楽しくする、ということが、目下の私に命じられたことだという気がする。

幼い頃、私の父は気難しい人で、母はいつも父の機嫌を恐れて暮らしていた。

家は心休まる空間ではなかった。

父は機嫌が悪くなると、夜通し母を眠らせずに、文句を言い続けるような性格だったからである。

しかしそのおかげで、私は生きる目標を見失わなくて済んだ。私は相手の心底の希望などわからなくてもいい、と思うようになった。

しかし私は今日一日、今夜一晩、共にこの屋根のしたに住むひとができるだけ楽しいように計らえばいいのだ。

簡単なものだ。

それでも私の仕事は、書くこと以外にも充分あるわけである。

『人生の退き際』小学館新書

自分一人が生き残る日を覚悟する

夫の三浦朱門がまだ生きていた頃から、私は何度も自分一人が生き残る日を想像して覚悟していたつもりだった。

それほどそれは恐ろしいこととも言えたし、彼と私は五歳と八か月ほどの年の差があるのだから、覚悟は当然のこととも言えた。

そして私は小説家だから、現世に起き得ることを想像することも楽にできたし、そういう心の操作については、人並み以上にはできるだろう、と思っていたのだ。

それはその通りにできた。

朱門の最後の頃、私は一度も彼に生活上の相談をしたことがないような気がする。

彼が病気がちになっても、私たちは今まで何十年として来たのと同じ暮らし方をしようとしていた。

私たちの仕事のために働いてくれる秘書もお手伝いさんも、何十年と人数はおろか顔ぶれまで変わらない。

私にとってはそれが家族の「面々」だったのだ。

毎日同じ程度にお金を使い、毎食同じくらいの皿数のおかずを作り、障子の破れや、伸び放題に伸びた庭木に対する手入れも同じような頻度《ひんど》でしていた。私の幼い頃、つまり我が家の経済的主権がまだ私の父に委ねられていた頃は（私たち夫婦は、一人っ子の私の相続した古い家に、結婚後も住むことになった）庭木の整理をするために、年に何度か植木屋さんを入れることを当然としていた。

しかし私たちの代になると、私も夫もどちらも庭木にお金をかけることを少し無駄のように感じていたので、自然にその手入れの回数を減らしてしまっていた。

しかし人間の「散髪」と同じで、庭木も放っておくと、樹形そのものまで崩れてしまう。

庭木は先を切ることによって、根本にも新しい枝が伸び、中がすけすけになることを免れるのである。

朱門の死の直後、私も人並みに、私たちの生活を切り詰めることを考えた。そうすることが世間の常識に合っていることも知っていた。

しかし一方で私は、「生活はそれまで通り」が一番いいという感覚を変えられなかった。

一人の人間の生活が、急に変化するというのは、どう考えてもあまり幸せなことは考えられない。

博打で大当たりをする。一家の主人が、大臣に任命される。社長になる。親が死んで、その財産を相続する。

どれも運は明るい方に向いて来たようにも見えるが、私はそうも思えなかった。急激な変化は、人間の体にも精神にもよくない。

とにかく私たちの体も心も、突然の大きな変化に耐えるほど頑丈ではないだろう。私はあまり大きな病気はしなかったし、世界の「難民」並みの社会の変化なら、それこそ人並みに耐えられるだろうと思っていた。

他人が体験する程度の生活の変化なら、人間は耐えられる。

というか、その変化に納得せざるをえない。

それどころか、台所を少し改築したり、隙間ができかけていたガラス戸をエアータイトの最新式のものに換えたりすれば、それだけでもむしろ我々はこれで生活の質を上げられたとさえ感じられる。

しかしたとえ今まで住んでいた家からみると、豪邸に入ったと感じられる場合でさえ、大きな変化は心と体に悪い場合の方が多いのだ。

人でも物でも、それが存在することに馴れるには一定の時間がかかる。馴れるというほど意識的なものでもないかもしれない。

しかし長年茶の間にあった茶箪笥《ちゃだんす》を捨ててしまった跡に、その部分だけ日焼けしていない青い畳の色が目立ったりすると、人間は不思議と動物的に落ち着かなくなる。

少なくとも私はその手の人間だ。

そして幸福というものは、安定と不変に尽きる、という気分にさえなるのである。

しかし人生では、この二つが最も維持するのに難しいものなのだ。

『納得して死ぬという人間の務めについて』KADOKAWA

青い空に声が聞こえる

亡くなって一年たちましたが、私は、青い空に三浦朱門の視線を感じたり、声が聞こえると思うときがあります。

声といっても霊的なものではなくて、いかにも夫の言いそうなことがわかるのです。亡くなった五日後に予定していたオペラを観に行ったのも、「オペラに行かないと、僕が生き返るか？」と言うヒニクな声が聞こえたからでした。

三浦朱門の視線が青い空にあるとすれば、見慣れた生活をしているほうが戸惑わないだろうな、と思います。

できるだけ以前と変わらない生活を続けることを、三浦朱門は望んでいるだろうと。自動車も古くなったってそのままでいいし、食べ物も相変わらず、庭で育てた大根を煮て食べていればいいと思っています。

家も古いからあちこちおかしいんですけれど、どうせ私があと数年で死ぬから、建て替えないほうがいい。

急に家を白く塗り替えたりしたら、「俺の家はどこだ」ってわからなくなっちゃうと思うの。

勘の悪い人でしたからね。

ですから何も変わらないというのが、何となくいいように思っています。

『文藝春秋』2018・4

家族の最期……

私は八十代半ばの今日まで、四人の高齢者と同居してその最期を見送った。私の実母（八十三歳没）、夫の母（八十九歳没）、夫の父（九十二歳没）、そして今まだ健在だが夫は九十歳である。

この頃、家族というものは重荷だとか、人間の最期は一人で死ぬのでいいというようなマイナスの視点から捉えた家族論がはやっているようだが、私は昔から、家庭の状況は運命で、何一つ選べないものと思って生きてきた。

仕事の種類や旅行の行き先なら、人間は選ぶことができる。しかし自分が、生涯を誰といつまで、どのように生きるかを決めることは、ほとんどできないのである。

私は家族を積極的に肯定もしなかったが、家族など不要だと否定もしなかった。

夫の両親も私の実母も、私たち夫婦に頼っていて、共に住むことを望んだからそうしたのである。

私たちの息子が十八歳で地方の大学に行くまで、一時期「三世代同居」の時代もあり、その複合家庭の話を聞いた知人の一人は、「今どき、まだそんな家があるの?」と驚き、「支那の家みたい」と言った。

「支那の家」というのは、私の子供の頃はやったパール・バック女史の描いたチャイナの古い家族みたいだということなのだろう。

朝早く起きたお嫁さんはまず竈《かまど》に火を起こし、お湯を沸かして姑に熱いお茶だかお湯だかを運ぶ。

すると老女は咳《せき》こもりながら、朝のお湯がないと老人は生きていけない、というようなことを言う。

私はそんな献身的なお嫁さんの生活はしてこなかった。

私は小説を書いて、子供を育て、子育てが終わる頃、老世代と同居してその最期を見た。

そういう運命になったから、そうしただけである。

私は昔から与えられた状況の中で、どうしたら少しよくなれるか工夫したことはあったけれど、理想というものは現実にないものだ、と最初から思っていた。

だから理想に憧れたこともなかった。


『週刊ポスト』２０１６・３・２５／４・１

落ちこまない

私は常に死別ということを考えてきました。

誰に対しても、別れること、壊れること、会えなくなることを考えます。戦争を経験しているということもありますが。どんなに幸せな時も死や破局を考えているから、たいていのことは、夫の死であっても、「思ってもみないことだった」とは言わない。

絶望をしないですむのはそのせいかもしれません。

夫がいなくなった、その心理的空間は、技術としては埋めようがないのです。

不在による寂しさは仕方がない。

仕方がないことをぐずぐず言うのは嫌です。

夫を亡くして落ち込んでいるという人は、徹底的に落ち込むのも自然の経過でしょう。死別に限らず、すべての悲しみは自分で引き受けるしかないのです。

私は50歳になる直前、視力を失いかけ、その時はとても落ち込みました。けれど、目が悪いという私ひとりの運命を自己流で身につけて鍼の技術をさらに磨いて、東京一の鍼灸師になろうと考えました。

私、独学ですが鍼が打てるんです。苦境においては、納得するまで一人で迷って、苦しむしかない。万人が万人、例外なくそれぞれに苦しむのです。

また、私はいつも難民のことを考えます。

住む家もお金もすべてを失い子供を連れて追い立てられ、それでも耐えてきた人もたくさんいる。私には今晩住む家があり、清潔な場所で眠れるのだから、文句は言えないと思います。

それに、手を差し伸べてくれる友人もいます。雨の降る寒い晩に、「ひとりでいるよりすき焼きを食べにうちへ来ない?」なんて誘われたら嬉しいものですね。

でも、この20年くらい、ご家庭に呼んでいただく機会が少なくなりましたね。食事は、人と一緒に食べるのが一番いい。

人間は、お互いにご飯に招き合うべきだと思います。たいしたものがなくてもいいんですから。

夫が亡くなる少し前、うちの台所に変な形のテーブルを作ったのです。お手伝いさんも私も70歳を過ぎてますから、二人ともだんだん体力もなくなってきて、食堂のテーブルまで食事を運んでもらうのも申し訳ない時がありました。台所の流しから1.5メートルのところにそのテーブルを作ったから、煮ものができたらすぐに並べられる。お醤油を出すのもすぐ。とても気楽でしょう。

そのテーブルを囲んで賑やかに食事をするようになりました。

カトリックにおいても、食事は大切なものです。

「コミュニオン＝共食」という考えがあり、それは食べ物のみならず精神的なつながりやなぐさめにも波及します。

昔、ペルーの田舎町を訪ねた時のこと。日本で集めたお金で現地に幼稚園を建てるための旅でした。

レストランなどないようなところでしたが、戸外の葡萄棚の下のテーブルに案内していただきました。

ひとつ空いている席があったので、隣の日本人の神父様に小声で「どなたかいらっしゃるのですか？」と聞きました。すると、「いえ、誰も来ないと思います」という答えなんです。

あとで聞いた話ですが、それは「神の席」と呼ばれるものだったのです。通りがかりの貧しい人や旅人を招くために、いつもひとつ空席を作るのだとか。一般の家庭でも毎日そうしている人がいると言います。

日本ではそんなことは皆無でしょう。

日本人は友達同士でもしない。
日本人が貧しくなった理由だと思います。めざし3本に味噌汁だけでいいのです。夫を亡くして寂しいというような人こそ、互いの食卓に招き合えばいい。新たな人間のつながりによって、人生を知るんですね。女たちのおしゃべりは、なぐさめにもなり、「知り合い度」を深めることにもなるのです。お金もかかりませんよ。

『婦人公論』2018・9・11

夫が去った朝

たくさんの人たちの配慮に包まれて、夫はこの世を去った。

口も態度も悪い人だったから、改めて感謝もしなかっただろうけれど、彼の生涯が平穏そのもので明るかったのは、よき人々の存在に包まれていたからである。

死の朝の透明な気配を私は忘れない。

私は前夜から病室に泊まっていたが、夜明けと共に起き出してモニターの血圧計を眺めた。何度も危険な限界まで血圧が下がっていたが、その朝は六十三はあって呼吸も安定していた。朝陽が昇り始め、死はその直後だった。

病室は十六階だった。

西南の空にくっきりと雪をかぶった富士が透明に輝いており、自動車も電車も通勤時間に合わせて律儀に走り回っていた。

それが夫の旅立ちの朝であった。

『人生の醍醐味』産経新聞社

家族を失った後の欠落感

一人の家族を失った後の欠落感が、どこから来るかは、人それぞれによって違うだろう。

私の知人に、奥さんを真綿《まわた》でくるんだように大切にしている人がいて、夫人はJRに乗る時、切符の買い方もよくわからなかった。

まず行き先までの運賃を確かめ、切符の販売機にお金を入れることをしたことがないというのである。

私はちょっと羨《うらや》ましい気がしたが、後で考えると、その人がもし夫に先立たれたら、大変なことになる。

女性だけでなく、家事のできない夫が妻に先立たれたら、これも大変である。私の年ではまだ、少し年下の男性でも、お茶一つ淹《い》れた事がない、と言う人がいた。子供のない夫婦である。そんな男性が一人取り残されたら、冬の寒い日に自分でインスタント・ラーメン一つ作れない。

惨《みじ》めさと寂しさがいっそう募るだろう。そういう人で、妻の死後、間もなく亡くなった人もいる。自殺ではないが、後を追って死んだとしか思えないほどのタイミングであった。

自分の死後、残された夫や妻が、すぐに「来てくれればいい」というのは、浮世を持ち越した考え方だが、あまり効用性はない。

一方、重荷になっていた配偶者がいなくなったので、生気を取り戻し、青春を再び生き直しているように見える「残された人」もいる。これが「ハッピイ・ウィドウ（男でも同じ表現でいいらしい）」である。

考えてみれば、同居して長い間、重荷のようになっていた配偶者なら、死後そ婦なら、十分に楽しかった夫の重荷が取り除かれて幸福になる。しかし同居していた時、一人になれば寂しさだけだろう。

それも考えてみれば、平等な運命の与えられ方だ。幸福を先に取るか、後に取るか、の違いなのかもしれない。

もっとも、そんなことを言っている間にも容赦なく時間は経ち、老化は誰の身も襲う。介護を始めた時はよかったのだが、介護者が次第に体力がなくなって来て、どうにも続けられなくなった人も多い。

夫は、初めは毎日自分で駅前の本屋まで行き、本を買って帰るのを楽しみにしていた。私が時々、

「ちゃんとお金を払って来ました？　払い忘れると万引きしたことになるのよ」

などと言うと、すぐ本の値段を正確に言い、ズボンのポケットから受け取りまで出して見せた。

世間には配偶者がお金を払わずにものを持ってきてしまうことに、危惧を抱い

ている人も多い。純粋にレジを通るという行動をとることを忘れているのである。

一応万引きに当たる行為だから、最初のうちは店の人も捕まえる。しかし度重《たびかさ》なると、顔や名前を覚え、その人の精神状態もわかるようになる。

自宅でその対応をする家庭も最近では多いのだそうだ。つまり「自分の家はこういうタイプの認知症の高齢者がいるので、見つけたら陰でお勘定を取っておいて欲しい。そのために三万円とか、五万円とかを預けておきます。足りなくなったら電話をください」というやり方のようである。

今後この手のケアをしなければならない人はどんどん増えると思う。しかし当人がスーパーまで行き、自分の欲しいもの、配偶者の好きそうなものを買って来るという日常生活は大切だから、できるだけ続けさせることが必要だ。

だからこれから電車の定期券のようなものを首にかけておけば、レジを通らなくても自動的に計算してくれるようなシステムができるといい（実はもう一部できているという説もあるが)。
私は夫が先に亡くなってよかったと思っている。
彼は日本のいい時代に生き、いい時代に死んだ。

『夫の後始末』講談社

「死んだら読むわね」

結婚したとき私は二十二歳で、まだ聖心女子大の四年生でした。どうしてそうなったのかよくわからないのですが、「夏休みも食えるようになったら、結婚してください」と言われたんです。

夫はそのころ大学の時間講師をしていて、夏休みは月給が出なかったからです。

評判や外面や世間体をまるで気にしない人でしたから、一緒に暮らすのはとても楽でした。私が出かけるとき見送りに出てきて、「じゃ、夜は天ぷらを揚げておくからね」なんて、わざとご近所に聞こえる大声で言うんです。

私が編集者と出かけたあとに「奥さんいますか?」という電話を取ったときは、「さっき、誰か男の人と出て行っちゃいました」と答えたそうです。横で聞いていた秘書は、笑い転げていたそうです。

またあるときは、電話で「はい、はい、すぐに伺います」って恐縮しているので「何?」と訊いたら、「床屋がかけてきて、『今日あたりそろそろどうかね。空いてるし、もう伸びてるだろう』って。向こうから命令してくる床屋って面白いだろ」と言います。

そんなふうに、普通とはちょっと逆で、どこかつじつまの合わないことが好きだったのです。

六十三年の結婚生活の間、いつも夕食のあとにいろいろな話をしました。「今日、取材に行ったらこんなことがあって」などと話すのですが、どういう小説を書くかは言いません。素材がおもしろいんですから。

そもそも、お互いの作品を読みませんでした。

生活が忙しいので、時間を稼ぐには相手の作品を読まないところから始めるのが穏当なんです。

ですから、作品について辛辣な批評などしたこともありません。

私は「死んだら読むわね」なんて言っていたけれど、この調子だと読まないで終わっちゃうかもしれませんね。

『文藝春秋』2018・4

第六章

「八十歳」から どう暮らすか

八十歳も半ばを過ぎて

八十代も半ばとなると、初めて会った人によく、「特に持病とかは、おありでないんですか？」と聞かれる時がある。

「ありますとも、ない人の方がむしろ少ないんじゃないでしょうか」

と私は答えることもある。

人間が病気がちかそうでないかは、生まれつきの資質の結果が多い。私はありがたいことに、親からやや頑丈な体を受けついだ。

私たち夫婦はいろいろな事情で親から金銭的な財産は一円も受けつがなかったが、健康な体をもらった。その方がどれだけ、高額な遺産相続をするよりありがたかったかしれない。

ただ私は親から、強度の遺伝性の近視の眼も受けついだ。

小学校一年生の時、すでに黒板の字が見えなかったのだが、子供の私には近視というものがわからなくて、どうして私だけ黒板や掛け図が見えないのか困っていたが、多くの場合、隣席の友達が親切で、ノートをそっと横にずらして見せてくれたりしたので、その場をしのげた。

もちろん、視力はないよりあった方がいいに決まっている。

小説では、物語の中でどのような人生も設定できるが、現実の生身の人間は、持って生まれた自分の体の健康や能力に生涯にわたって支配されるからである。

しかし、それだからいいのだ。

人は、そのような日常的なことから、自分の体力・知力の限界を知り、その範囲で生き方の設定をするようになる。

『人間にとって病いとは何か』幻冬舎新書

死ぬ前に答えを出す

人生を終えるのも、もう後ほんの少しとなって来ると、誰でも考えることかもしれないが、自分の一生は果たしてこれで良かったのだろうか、という疑いが、時々心に浮かぶようだ。

そんな迷いなど、若い時は口にするのも恥ずかしくて友だちにも言わなかったものだが、さすがに残り時間も僅かになってくると、そんなことを気にしてもいられなくなるのだろう。

とにかく後数年で死ぬ前に、一応答えを出しておかねばならないのだ。

いろいろ考えて、たいていの人が、どうやら自分を納得させるだけの答えらしいものを見つけ出す。

どうやって納得するかというと、つまり謙虚になるのである。自分が操作可能な程度の頭や体力だったら、つまりはこの程度の働きをするのがやっとだった。

自分はそれに従ったのであって、その意味で言えば、オリンピック選手が世界新記録を立てて引退したようなものだ、と思いかけるのである。

『新潮45』2018・8

身体を保たせる

私たちにははっきりとすべきことがある。

もしかすると百歳まで生きてしまうなら、今のうちから必死になって身体を保たせることを仕事にすべきだ、ということだ。

深酒や喫煙をやめ、運動を怠らず、誰かの世話になればいいという甘えを捨てて、死ぬ日まで自分のことは何とか自分でする、という強固な目的を持つことだろう。

年を取ったら、勤めているのではないのだから、時間だけはいくらでもある。どんなに行動に時間がかかろうとも、それで文句を言う人はいない。

とにかく歯磨き、洗面、入浴、トイレ、食事などを自分ですること、の外に、自分のための簡単な食物の用意、洗濯機を使って衣服を清潔にすること、気分のいい時に自室の掃除をすること、くらいは、終生する決意をしなければ、日本はやっていけない。

あそこが痛い、ここが悪いと言って、病院通いを主たる生活の目的にしている高齢者も、少しはそれ以外に人間としてやらなければならないことがある、と考えた方がいい。

今のような老人に対する処遇は、まもなく社会の構造ができなくなる。

国家に治療費を負担させておいて、増税反対は不可能だ。

若い世代が大切なら、病気をしない、という決意で生きなければならない。

『産経新聞』２００５・９・５

周囲を意識する

老いというものが、絶対年齢と共に少しずつやって来るのは事実だが、若くても老いている人と、暦の上の年齢は高齢者でも少しもぼけていない人とがいるのが最近の社会だ。

老人の特徴はいろいろあるが、私が老化の目安にしているのは、「その人が、どれだけ周囲を意識しているか」という点にある。老人になるほど自分勝手になって、周囲のことを気にしない。

改札口、道の真ん中、エスカレーターを下りたすぐ近くの空間などで、平気で立ち止まる人もいる。

体が利かないから立ち止まらざるを得ないこともあろうし、耳が遠いから、周囲に人がいるという気配も聞こえないのかもしれないが。

しかし実は若くてもこういう人がいる。

そういう人は多分、この世には実に大勢の人が暮らしていて、それらの人たちに皆それぞれの事情があって生きているのだから、お互いに充分に相手の存在を意識して、譲り合わなければならないのだ、という現実がわからなくなって来ているのである。

ほんとうは誰でも一歩自分の家の外に出れば、緊張して外界の状況や変化に備えるようにしていなければならないのだが、その意識のない若者も多くなった。

こういうのは若ぼけ、と言ったら怒られるのかもしれないが、このぼけの年齢が次第に低くなっているような気さえする時がある。

『人生の原則』河出書房新社

死を前提に生きる

私や夫にある程度死ぬ準備、心構えができていたのは、カトリックの教えを知っていたからだと思います。

カトリックは、子供のときからいつも死について考えているんです。

あらゆるものは必ず死ぬ、つまり死を前提に生きている。ですから何歳で亡くなろうとも、死ぬその日まで満ち足りて暮らした、そんな人生が最良なんですね。ですから家族を幸せにすることは大切ですね。

その点、夫も最期まで好きなことをした人生でしたから、多分、それでいいんです。

私自身の今後の生活について考えると、やはり体力のある限り「書き続ける」のが自然な気がします。美しいものや素晴らしい人生を生きるだれかを称える「記録者」でいたいのです。

あとは、私は好きなこともありますから、死ぬまで欲を持っていたいですね。欲といっても、きんぴらごぼうを作ってきれいなお皿によそえるような暮らしをしたい、という程度のものですが。

夫は他人に訓戒を垂れる人ではありませんでした。

私も何ごとも拒まず、嫌いなものは少し遠ざけて生きられればいい。人生の流れに抗《あらが》う部分と流される部分を、自分なりに決めて生きられれば、それでいいんです。

これからはなるべく家にものを増やさず、子猫のお母さんとして日々を過ごそうと思います。直助は人間の言葉がわかる猫なんです。

『週刊現代』２０１７・10・14／10・21

誰もいない一人の人生を生きる

私は一生を通じて一つの姿勢を通して来た。

賢かったからでもなく、出世のためでもない。

私は自分が小心で不幸に耐えにくい弱さを持っていることを自覚していたから、いつもそういう自分に備え続けていたのである。

それは常に最悪を予想しながら生きるという姿勢であった。

人生の後半に、気の合う伴侶、親しい友だち、親戚などに囲まれて暮らせればいいけれど、なかなかそのようにはならない。

死別もあり、離別もある。喧嘩別れもある。頼っていた母が、まだそれほどの年でもないのに、認知症になることもあれば、予定の中になかった地震や津波で文字通り家を失うこともある。

誰もいない後半生を自分が生きる姿を、私はいつも一人で想像して来た。その上さらに車椅子の生活になっている自分、視力が衰えてしまって見えない自分、お金のない自分、難病を抱えている自分も夢想した。

生きていれば、家族の誰かが支えてくれるかもしれない。しかしそれは「当然のこと」ではなく類稀《たぐいま》れな「幸運」なのである。不運は簡単にやって来るが、幸運はけっして当てにできない。

私は三十代にうつ病になり、十年近くかかってそれを脱した。五十前後に視力を失いかけて、作家の生活を諦める場合の心の準備もした。

そして既に今は七十歳の半ばまで生きて来て、一つのご褒美をもらった。それは五十歳の時ではなく、今視力を失っても、残り時間があまり長くなくて済むということであった。

私が読み書きができない状態で暮らしていた頃、お世話になった一人の若い眼科のドクターは、「人間の寿命は長い方がいいとは言うけれど、もし二百歳まで生きるとしたら、五十歳で失明した人は、後百五十年は盲人として生きなければならない。

それは患者さんの心理を見ていると長過ぎるように思うこともあるんです」と言われた。健康に年老いるということは、体の能力が悪くなった後の時間が短くて済むことを意味する。

今、私にわかっていることは、自分の早い死を瞬間的に願うことはあるかもしれないけれど、自殺してはいけない、ということである。

人間は生き方において自分の行動に責任を取り、常に自分自身の人生の主人でいなければならないのはほんとうだが、寿命は天命に任さねばならない、ということだ。

あらゆる動物はそのように生きているのだし、人間もまた動物としての運命に生きている。人間だけ特別でいいということもない。

生も一人だが、死も一人だということだけは明瞭にわかっている。そういう運命になった時、別に自分だけが不幸なのではない、と自分に言い聞かせる叡知《えいち》を若いうちから持つようになることだ。

ただ人生は意外と優しいもので、一人で生きにくかったら、そうしなくても済むかもしれない方法が実はたくさん用意されていることを知っておいてもいいかもしれない。

今私が望んでいるのは、話の合う人たちと幾つになっても食事をすることだ。外へ食べに行ってもいいが、自分の体が利いたら、私は料理が好きなのだから、自宅でお惣菜を作って食事に招きたい。「イワシの丸干しだって尾頭付きなのよ」と言うと皆納得している。

かつてどのような偉いポジションで仕事をしていた人にでも、後片付けは手伝ってもらっていいだろう。

人生の時間を、縁のある、気の合った他人と少しずつ共有することができたら、それは大きな幸福だし、成功なのだと思えばいい。
しかしその基本には、一人で生きる姿勢が必要なのである。

『人生の後半を一人で生きる言葉』イースト・プレス

人を生かす

人を「生かす」というのは何を指すのだろう。

普通、貧しい国家や社会では、「生かす」ということは、現在でも食べさせることを意味している。

教育を与えることは、二の次だ。難民キャンプで今日から実行しなければならないのは、食べさせることである。

もちろん子供に初等教育を与えることは、数か月後には考えなければならない問題だろうが、今日明日に差し迫ったことではない。

トイレを作ることも、水浴や洗濯をさせることも、衛生を考えれば緊急の課題だが、今日の問題ではない。

しかし、食物と水を供給することは、今日の問題だ。

自分で動かなくなった老人にも、同じような原則が当てはめられている。もちろん日本の社会は、難民キャンプよりもっときめ細かい高度の配慮がなされている。

週に二度は入浴させよう。

毎朝リハビリ体操をさせよう。

お花見にも連れて行く。

施設でコーラスの練習もあれば、音楽会も開催する。しかし、ほんとうに人間を「生かす」もう一つの機能を維持する努力はあまりなされていない。

もちろんそれが一番むずかしいことなのだ。それは、老人たち同士に、会話をさせることである。

私自身、少しずつ体力がなくなっていくのを感じているから、物事を「せずに済ませる」姿勢が次第に強くなっているだろう。

だからもしかすると、もっと年を取って私自身喋るのが億劫になると、黙っているのが一番楽になるのかもしれない。

さらに耳が遠くなって、相手が言っていることが聞き取れなくなると、次第に沈黙が無難と考えるようになりそうな気もする。

しかし人間生活で、食事、排泄、入浴などと同じくらい大切なのが、「会話をする」ということだ。

どうしたら高齢者が最後まで外界に興味を持ち、人の語るのを聞いてそれに反応し、自分の考えを話せるという状態を保てるか、今後最大の懸案だと思っている。

喋ってこそ人は動物と違う存在になるのだから。

『不運を幸運に変える力』河出書房新社

寝たきりにならない

年を取ると、体のどこかに故障が出るから、半分寝ている人も多いだろうし、そうなると、一日中寝間着のままでいても、家族はその方が体が楽でいいでしょうなどと言うようになる。

私は性格的にも楽が一番いい、と思いがちで、おしゃれも考えてみれば嫌いではないのだが、何より面倒くさいのはいやという傾向は拭いがたい。

しかし人間は、本当に寝たきりの重病人でない限り、朝は着替えをして、昼と夜の区別をはっきりさせることが必要なようだ。

どこの話だったか覚えていないのだが、長期療養型の病院でも、入院患者にさえ朝は着替えをさせる。

つまり昼には、その人は社会に繋がって生きるという姿勢を植えつけるのだ。着替えは介護者にとってけっこう面倒な仕事だが、それでも必要なことだという。私には膠原病があるので、ことに朝など着替えが辛い。

だから体の楽なイスラム教徒の着る長衣を着て、まあ構造的には寝間着に近いものに着替えるだけなのだが、それでも昔は二分で着替えられた行動に五分はかかる。

朝食に遅刻することも始終だ。

しかし、この生活上のめりはりというものは非常に大切で、昔、私の知人のドイツ人が経営している乳児院を訪ねたことがあった。するとは赤ちゃんの世話をする若い人たちが皆きれいにアクセサリーをつけている。

そのドイツ人の女性によれば、保母さんたちがアクセサリーをつけると、赤ちゃんたちは興味津々でそれを眺め、やがて手でそれに触りたがるようになる。

どこをどう刺激するのかわからないが、それが脳を育てるということになるのだろうと彼女は言う。

知能だけでなく、いわゆる広い意味での情緒を円満に豊かに育てるのだ。

けじめというと、他者を意識した見栄のための行為のように言う人がいるが、昼夜のけじめは人間として計算できないほど複雑で大切な営みのようだ。

『不運を幸運に変える力』河出書房新社

一人で戦う

今の時代に品などという言葉を持ちだすと笑われるだろうが、私はやはりある人が品がいいと感じる時には、間違いなくその人が成熟した人格であることも確認している。

品はまず流行を追わない。

写真を撮られる時に無意識にピースサインを出したり、成人式に皆が羽織る制服のような白いショールなど身につけない。あれほど無駄で個性のない衣服はない。それくらいなら、お母さんか叔母さんのショールを借りて身につけた方がずっと個性的でいい。

有名人に会いたがったり、サインをもらいたがったりすることもない。そんなものは、自分の教養とは全く無関係だからだ。

品は群れようとする心境を自分に許さない。自分が尊敬する人、会って楽しい人を自分で選んで付き合うのが原則だが、それはお互いの人生で独自の好みを持つ人々と理解し合った上で付き合うのだ。

単に知り合いだというのは格好がいいとか、その人といっしょだと得なことがあるとかいうことで付き合うものではない。

その意味で最近はやりのフェイスブックなどというものを（私はまだ利用したことがないので詳しいことはわからないのだが）信じる気にならない。

品を保つということは、一人で人生を戦うことなのだろう。

『老いの僥倖』幻冬舎新書

人のお役に立つ

趣味を楽しむのもいいですが、何か人のお役に立つことをやってみる、というのも面白いと思います。

自分の楽しみだけでは、いくらやっても満たされず、むなしくなることはよくあるものです。

でも、何か人のためになることができれば、喜びはふくらみますからね。

人は受けて与えることで成熟するんでしょうね。

いただいたら、お返しする、というのが大人です。呼吸にしても、息を吐かなくては吸えない。食べ物の摂取と排泄もそうでしょう。やはり適切に出さなくては取り入れられない。もらうばかりだと、過呼吸とか便秘とか、ろくなことになりません。与え足りない人を見ていると、不思議と、だんだん腐ってくるような感じがします。

私は、人生が満たされる条件として、「人にもたくさん与え、自分もたくさん受けた」という実感が必要だと思っています。

与える相手は、少なくとも家族以外。家族に与えるのは自分に与えることと同じですから。お世話になっている近所の人とか、子供の学校とか、社会とかにお返しすればいいと思います。

ボランティアはいいのですが、学生が学業をおろそかにしてまでやることではありません。もっとはっきり言えば、誰かに自分の生活を見てもらいながらボランティア活動をするのは本末転倒です。

人を手助けするためには、お金か、時間か、労力か、どれかに余裕がなければできない。余裕ができた時に、わずかずつでもかまわないから、自分にやれることをやればいいんですね。

お金はないけれど、子育てが終わって時間ができたという奥さんなら、近所の一人暮らしのおばあさんの家に行って、話し相手をしながら一緒に食事をつくったり、お掃除をしてあげたりする。

あるいは、この一万円で靴を新調しようと思っていたけれど、靴を買う代わりに人を幸せにすることに使う。そういう素朴な行為がほんとうのボランティアだと思います。

『思い通りにいかないから人生は面白い』三笠書房

分相応に暮らす

私たちは自分のお金で好きな時に好きな所に行ける。嫌な人に会わねばならない時もあるが、たいていの時は会いたい人にだけ会っていられる。

多くの場合心にもないことを口にしないで済む。非人間的なほどの忙しさに苦しまない。

それもこれもすべて自分の小さな力の範囲で「分相応」に暮らす意味を知ったからである。

『晩年の美学を求めて』朝日文庫

晩年の空間

空間とは何だろう。

空間とは可能性ということだ。

心、知識、人情、すべて人間の体内でそれらを取り込む空間がないと定着しない。

しかし、現在の私を含めた人間の生活は、物に溢れ、時間もなく、つまり新しく外界から、物質や知識を取り入れる余裕がないような気もする。

私くらいの年になると、家の中に物が多すぎたら、まず真っ直ぐに歩けない。真っ直ぐ歩けないほど物が多いと、躓《つまず》いて骨折したりもっと重篤な障害につながる場合もある。
もう若くはないことを考えれば、確実に有効なものを取り入れられるという保証はないけれど、爽やかな可能性に満ちた空間を保持したいので、私は毎日、物を捨てることにかなり熱心なのである。

『自分流のすすめ』中央公論社

「持たない人のように」生きる

四十歳近くなってから、私は聖書の勉強を始め、やがて聖書の中で、書簡として扱われている聖パウロの手紙にぶつかった。パウロはイエスの直接の弟子、十二使徒には数えられていない。

イエスを迫害する側に廻っていた頃、ダマスカスの近辺で落雷のようにイエスの存在にうたれた人である。

彼は光に貫かれ、自分を呼ぶ主の声を聞いた。もっともこういう神霊的な邂逅《かいこう》を、理性的な人は「出会った」とは言いたくないのかもしれないが、パウロはその直後から回心し、初代教会を作るのに大きな功績を残したのである。

私がパウロに惹《ひ》かれるのは、その類《たぐい》まれな表現力の故である。光に打たれ、主の声を聞いた時から、パウロは三日間盲目になり、現世の自信をすっかり失って失意のどん底にいたが、やがて主の使いと称するアナニアという男の来訪を受けて視力を回復し、洗礼を受けた、ということになっている。

パウロの生涯は過酷なものであった。

迫害され、長い旅の途中何度も命の危険にさらされ、投獄され、やがてローマで殉教したとも言われている。パウロはキリスト教徒となると、既に現世の人ではないイエスの思想と行動に、徹底して殉じて生きたのである。

「わたしはこう言いたい。定められた時は迫っています。今からは、妻のある人はない人のように、泣く人は泣かない人のように、喜ぶ人は喜ばない人のように、物を買う人は持たない人のように、世の事にかかわっている人は、かかわりのない人のようにすべきです。この世の有様は過ぎ去るからです」(コリントの信徒への手紙一7・29〜31)

これほど短い文章の中に、凝縮して現世を捉えている文章はそれほど多くはない。

自分の置かれた状況、人間関係、行動、すべてを仮初のものと思えということなのだ。ことに大切なのは、ものごとに関わっていても、関わりないように生きるべきだ、という忠告である。

家族団欒《だんらん》の幸福に酔ってもいいのだが、それも長く続くかどうかはわからない。今現在直面している不幸からもう立ち上がれないと思ってうちひしがれている人も、この幸福がずっと続くに違いないと信じている人も、それらはすべて迷妄である。

自分が関わっている状況を信じている人は実に多い。

自分が参加している政治的基盤、自分が作り上げた事業、自分が作り上げた人脈など、どれも個人にとっては大切なものだ。

しかしパウロはそれらすべて自分が関わって来たものを信じてはいけない、と言う。

或る人が権勢の座にいる間には、尻尾《しっぽ》を振ってついて来る者は多い。しかし一旦失脚したら、もう洟《はな》もひっかけなくなる人がほとんどだ、という話はよく聞く。

その失望から遠ざかるためにも、深く世の中に関わらないことだというのが、パウロの知恵である。

私は今まで、権勢のただ中にあるようになった人とは関係を中断してきた。それとなく、ご遠慮して遠ざかったのである。

そういう人は極めて多忙になったのだから、私との付き合いのような個人的な交際に時間を割いてはいけない、と相手の公人としての時間を尊重したのである。

しかしほんとうに気が合う人との間では、友情がそのまま切れることはなかった、と思う。

その人が権力の座から遠ざかるか降りるかした時、私はまた友情を再開する機会を作ることが多かった。今度はもう相手の立場をそうそう気にすることもない。お互いに一介の気楽な市井人なら、友情もまたのんきなものである。

パウロの表現は力強く見事である。

「今からは、妻のある人はない人のように」振る舞えと言う。妻もいつかは死ぬ。或いは現代風に言うと、「妻だっていつ愛人を作るかしれないよ」「いつ、離婚を請求するかわからないよ」ということなのだろうか。心の中でいつも失うことを前提に考えていろ、と言う。

これは確かに動物のできることではない。

ものを持つ人に対しても同じだ。

たとえ、現金、不動産、宝石、美術品などを持っていても「持たない人のように」生きるべきなのだと言う。それなら、初めから持たなくても同じじゃないか、とも言えるが……。

アメリカなど、銃を持つ社会では、金持ちは外出時に高価な装身具など決して本物の宝石を身につけない。

自分が持っているお宝の宝石と同じデザインの偽物を作らせて、それを身につけて外出するという話を聞いた時には、もしそれが本当なら最初から本物がないのと同じじゃないか、と私はおかしくてならなかった。

パウロはどうして初代教会の信者たちにそのように懐疑的に生きる姿勢を教えたのだろうか。

なぜなら誰にとっても「定められた時は迫って」いるからだ。つまり誰でもが年齢に関係なく、死とは常に隣り合わせにいるからなのだ。

死を目前にした時、初めて私たちはあるべき人間の姿に還る。

それを思うと、死の観念は、人間の再起であり、覚醒なのである。

『人生の第四楽章としての死』徳間書店

引き算の生き方をする

私は、こんないい国にいさせてもらうことができて幸せ、と考えます。日本は、電気と水を絶えることなく使える。警察機構がほとんど堕落していないし、交通機関は名人芸のように正確で責任感がある。

日本の悪口を言う人には、「こんな国がよそにあったら、どうぞ出ていってください」と言いたい。

私がアフリカに行く時、現地のシスターは「抗生物質を持ってきてください。なければ病気になった時に死んでしまいますから」と言います。

そういうことは日本ではない。

こんないい国にいることを、日本人は学び足りないですね。洗濯したものを着て、飲める水でトイレを流す。乾いた場所で寝ている。乾いた場所で眠ることができない人が、途上国にはたくさんいますから。私は「日本人に生まれさせていただいて、ありがとうございます」と言っています。

それをわかるようにするには、一八歳になったら国民全員に一年間奉仕活動させたらいい。携帯電話を取り上げ、テレビは合議制で見る、大部屋で共同生活して、奉仕をする。人に与える生活です。

今は与えられる生活ばかりしていますから、その間はいつまでも豊かな気持ちになれない。与える生活をさせたら人は変わるのに、日本人はそれに賛成しません。教育は自発的にするといいますが、違います。

教育はまずは強制です。三味線を習う時も、最初は「こういうふうに、ばちを持って」と強制します。そのうちに強制から自己を解き放っていくわけです。

与えられることばかりでは、乞食の生活です。新聞ではこの言葉はお使いになららないですが、イタリアに行った時、乞食のおもちゃがありました。乞食も仕事の一種という考え方です。

修道会に入ると、いいとこのお嬢さんにも最初に乞食をさせるところがあるんだそうです。そういう哲学がある。

日本人は、今あるものを数えず、ないものばかり数えています。引き算の生き方です。

それでは幸福になりません。

私は「ああ、いいなあ、雨の日でも雨漏りしないところで、乾いた布団で寝られる」といつも言ってるんです。

『心のクスリ』文藝春秋

年を取っても美しく生きる

誰でもいつまでも長く健康で、ついでに美しく生きたいと思うので、その執念はよく理解できるのだけれど、もしそれがほんとうの望みなら、もう少しすべきことがありそうに思われることがある。

女性雑誌には、化粧品や、美容整形や、ファッションの情報が満載されているし、近年多くなった老年向きの雑誌にも、カメラ、庭いじり、蕎麦《そば》打ちの方法まで、趣味についてはいたれりつくせりに書いてある。

しかし生き生きした老年に至る道程には、欠かせない要素が二つあるように私は思う。第一は、長年自分の家で作ったバランスのいい食事を取ることであり、第二は読書である。つまり第一のものは肉体の栄養であり、第二のものは魂の食事である。

薬よりも食べ物、と私は思っている。

薬を飲むより、免疫力のある強い体を作っておくことの方が先決だ。顔に何か化粧品を塗るより、内側から皮膚に栄養を与える食事を続けることが大切だろう。

私は中年の長い間、低血圧、三十五度台の低い体温、長い時間の座業と過労など、体に悪い暮らしばかりしてきた。

最近面倒を見てもらっているマッサージ師さんは口の悪い人で、よくこんなボロボロの体でがんにもならなかったと皮肉を言う。それに対して私は、つまり私は根が丈夫なのよ、と自画自賛で応じているのである。

それに長年、食事だけはよかったと思う、と私は言う。

すると相手も「そうだね。うちで作った質素な食事がよかったのよ」とやっと認めてくれる。

私はずっと自分の家で炊事をして、あまり外食をしなかった。自然、昔の日本人のように、魚や海草や野菜をおかずに生きて来た。

今にして思うと、だから重大な病気にならなかったのではないかという気もする。

一番不思議なのは、美容にひどく気を遣う人が、冷凍食品やスーパーの食堂でお昼を済ませたりしていて、食事には手抜きをしていることだ。

薬や化粧品より、毎日の食事をきちんと食べる方が、目的には叶うのではないかと思う。

全く本や新聞を読まない人も、心の老化の恐れがある。そういう人が年を取ったら、外面の若さは保っていても、内容が空っぽな人になっていて、とても美人とは感じられないかもしれない。

年を取っても美しい人たちに私はたくさん会った。

それらの人たちは、何よりも勉強をし続けて、教養があった。だから会話の範囲も広く、立ち居振る舞いにも優雅さと緊張があった。

それが年齢や美醜をこえた魅力になっていた。

九十歳になっても、背負い籠をしょって、田舎の道を畑まで通う老女にも美しい表情があった。

彼女は本も新聞も読まないが、社会の中で、自分の運命をしっかりと受け止めてきた人だった。

『自分の財産』扶桑社新書

【出典著作一覧】

エッセイ・ノンフィクション

『安心したがる人々』小学館
『生きる姿勢』河出書房新社
『老いの僥倖』幻冬舎（幻冬舎新書）
『老いの才覚』ベストセラーズ（ベスト新書）
『夫の後始末』講談社
『思い通りにいかないから人生は面白い』三笠書房
『女も好きなことをして死ねばいい』青萠社
『完本 戒老録』祥伝社
『心のクスリ』文藝春秋
『幸せの才能』海竜社
『自分流のすすめ』中央公論社
『納得して死ぬという人間の務めについて』ＫＡＤＯＫＡＷＡ
『自分の財産』扶桑社（扶桑社新書）
『自分流のすすめ』中央公論社
『人生にとって成熟とは何か』幻冬舎（幻冬舎新書）

出典著作一覧

『人間にとって病いとは何か』幻冬舎（幻冬舎新書）
『人生の原則』河出書房新社
『人生の後半を一人で生きる言葉』イースト・プレス
『人生の醍醐味』産経新聞社
『人生の第四楽章としての死』徳間書店
『人生の値打ち』ポプラ社（ポプラ新書）
『人生の退き際』小学館（小学館新書）
『曽野綾子の人生相談』いきいき
『狸の幸福』新潮社（新潮文庫）
『魂の自由人』光文社
『日本人の甘え』新潮社（新潮新書）
『人間関係』新潮社（新潮新書）
『人間の愚かさについて』新潮社（新潮新書）
『晩年の美学を求めて』朝日新聞出版（朝日文庫）
『人びとの中の私』集英社（集英社文庫）
『不運を幸運に変える力』河出書房新社
『老境の美徳』小学館

雑誌

『Voice』2017・11 PHP研究所
『Voice』2018・4 PHP研究所
『Voice』2019・4 PHP研究所
『産経新聞』2005・9・5 産経新聞社
『週刊現代』2017・10・14/10・21 講談社
『週刊ポスト』2016・3・25/4・1 小学館
『新潮45』2018・8 新潮社
『婦人公論』2018・9・11 中央公論社
『文藝春秋』2018・4 文藝春秋社

本書は、『一人暮らし――わたしの孤独のたのしみ方』(小社刊)を新装・改訂したものです。

新装《しんそう》・改訂《かいてい》　一人暮《ひとりぐ》らし
自分《じぶん》の時間《じかん》を楽《たの》しむ。

2023年4月15日　初版第1刷発行

著　者　曽野綾子《そのあやこ》

発行者　笹田大治
発行所　株式会社興陽館
〒113-0024
東京都文京区西片1-17-8 KSビル
TEL 03-5840-7820
FAX 03-5840-7954
URL https://www.koyokan.co.jp
装　幀　長坂勇司(nagasaka design)
編集補助　飯島和歌子＋伊藤 桂
編集人　本田道生
印　刷　恵友印刷株式会社
DTP　原口仁美
製　本　ナショナル製本協同組合

©Ayako Sono 2023
Printed in japan
ISBN978-4-87723-307-5 C0095

乱丁・落丁のものはお取替えいたします。
定価はカバーに表示しています。
無断複写・複製・転載を禁じます。

新装・改訂　身辺整理　わたしのやり方

もの、お金、家、人づき合い、暮らしを身軽にしていく

曽野綾子

あなたは、「身辺整理」はじめていますか。死ぬまでにものを減らさなければならない。人間は死んだ後に何も残さないのが最高だから。

ISBN978-4-87723-294-8 C0095　1,000円+税

新装・改訂　六十歳からの人生

あなたらしく暮らす心得

曽野綾子

六十代、七十代、八十代、九十代と老年期、移り変わる体調、暮らし、人づき合いへの対処法とは。老いの時間を人はいかに生きたらいいのか。

ISBN978-4-87723-300-6 C0095　1,000円+税

赤毛のアン

ルーシイ・モード・モンゴメリ

訳：曽野綾子
挿画：田村セツコ

曽野綾子の訳で読む不朽の名著。挿画は田村セツコ。誰の心の中にもいる永遠の少女がグリーン・ゲイブルズで過したあの感動の物語をふたたび。

ISBN978-4-87723-299-3 C0095　1,000円+税

小さなひとり暮らしのものがたり

みつはしちかこ

80代は一人暮らしがたのしい。国民的ベストセラー『小さな恋のものがたり』のみつはしちかこが贈る日常の楽しみをつづった老いの日々のあれこれ。新作漫画も収録。

ISBN978-4-87723-295-5 C0095　1,300円+税

ひとりの「さみしさ」とうまくやる本

孤独をたのしむ。

大愚元勝

あなたの「さみしさ」には意味があるのです。年をとって「さみしい」のはあたりまえ。「老い」「おひとり様」「友達がいない」……。すべての孤独な心に効く処方箋。

ISBN978-4-87723-273-3 C0095　1,100円+税